KB117749

춤추는 고복희와 원더랜드

춤추는 고복희와 원더랜드

★ 문은강 장편소설 ★

다산
책방

★ 차례 ★

고복희는 이해할 수 없다.

대한민국은 가벼운 흥분으로 들떠 있었다. 많은 것이 달라졌다. 전쟁을 겪고 휘청이던, 지독하게 가난한 나라는 없었다. 동그란 굴렁쇠가 운동장을 가로지르는 모습을 바라보며 사람들은 동시에 숨을 삼켰다. 꿈, 희망, 미래와 같은 관념이 공중으로 떠올랐다. 그날의 공기는 낙관으로 가득했다.

달라질 것이다. 그렇게 믿었다. 도시 미관을 위해 희생된 철거민, 생존조차 보장되지 않는 노동자, 기득권을 지키려는 공권력, 그 부당함을 모두 우리 손으로 바꿀 수 있다고.

그해 여름, 고복희는 수업 거부를 외치는 선배들을 이해할 수 없었다. 비싼 학비를 내놓고 왜 수업을 거부

한단 말인가. 하루도 학생의 책무에 소홀하면 안 된다는 게 그녀의 생각이었다. 전교생이 학교를 이탈하기로 결의한 날에도 혼자서 꿋꿋이 강의실을 지켰다.

다음 날, 얼굴이 새까만 무리가 고복희를 도서관 뒤편으로 불러냈다. 가두시위 선봉에서 지휘하는 선배들이었다.

"너는 너만 잘 살면 그만이냐?"

혼자만 잘 살겠다는 생각은 없었다. 단지 수업에 출석하는 것이 더 옳다고 생각했기 때문에 그렇게 한 것이다. 그들은 고복희를 에워싸고 비난을 쏟아냈다.

겁쟁이.

누군가 내뱉은 말이었다. 고복희의 한쪽 눈썹이 올라갔다. 동시에 주먹을 꽉 쥔 오른손이 허공을 갈랐다. 버럭 소리를 지르는 고복희의 행동에 당황한 선배들은 웅성대다가 "앞으론 조심하길 바란다"는 말을 남긴 채 도망치듯 사라졌다.

한심한 놈들. 고복희는 고개를 저었다. 그리고 다짐했다. 사과받고야 말겠다고. 고복희는 그들의 행적을 쫓았다. 서클룸이나 도서관, 농구장은 물론이고 화장실 앞에서 기다리는 일도 불사했다. 격렬한 투쟁 끝에 모두에게서 미안하다는 말을 받아낼 수 있었다.

이 일화는 대학 전체에 퍼졌다. 학관을 지날 때면 "쟤가 개야, 영문과 고복희." 하는 말이 심심치 않게 들렸다. 그중에도 유독 거슬리는 한 남자가 있었다. 도서관에서 봤던 선배 무리 중 한 명이었다. 쭈뼛쭈뼛 다가와 고개를 숙이는 모습이 진심처럼 느껴져 용서해줬더니 거기서 끝내지 않고 계속해서 주위를 맴돌았다.

"왜 친한 척하는 겁니까?"

그는 억울하다는 표정을 지었다. 몰아붙일 생각은 없었다고. 여럿이서 한 명을 두고 소리치는 것이 비겁하다는 생각에 수습을 위해 자리에 있었다는 것이다.

"변명은 치졸한 겁니다."

고복희의 말에 남자의 두 눈이 반짝 빛났다. 본능적으로 느낄 수 있었다. 이 자식, 이상한 놈임이 틀림없다.

남자의 이름은 장영수. 키가 크고 어깨가 반듯한 청년이었다. 웃을 때면 눈가에 서글서글한 주름이 잡혔다. 어쩌다 캠퍼스에서 마주치면 발랄하게 뛰어와 안부를 물었다. 프리지어 꽃다발을 안겨주며 수줍어했다. 유익종의 노래가 담긴 카세트테이프와 두툼한 편지 봉투를 사물함에 넣어놓기도 했다. 빳빳한 편지지에는 백석의 시가 정돈된 필체로 적혀 있었다. 성질을 내면 몸을 숨기고 있다가 궁금해질 때쯤이면 나타나 배시시 웃었다.

하도 성가시게 굴기에 점심을 함께 먹어줬다. 빵집에 앉아 얘기를 나눴다. 늦여름의 유원지에 놀러가기도 했다. 손을 잡았고. 포옹을 했고. 결혼에 이르렀다.

도무지 이해할 수 없는 일이라고,
고복희는 회상한다.

★ 1부 ★

잘못
오셨습니다

1

지금 고복희는 남쪽 나라에 있다. 태평양과 인도양이 만나는 적도 부근의 이 나라는 연중무휴 후끈후끈한 열대기후를 자랑한다. 인생이란 도무지 예측할 수 없는 것이라 그녀 자신도 이런 곳에서 살게 되리라 예상하지 못했다.

끔찍하게 오래 사는 시대다. '백세시대'라니. 정말 그렇게 살아야 한다면 아직도 반밖에 안 왔다. 고문이 따로 없다. 인류는 쓸데없는 일에 너무 많은 힘을 쏟는다. 야단법석으로 지구를 망가뜨려 놓더니 이제 와서 천년만년 살고 싶은가 보다. 오래 살아봤자 좋을 것도 없다. 세상은 늘 비슷한 방식으로 비슷한 문제에 봉착

하고 거기에 대단한 의미가 숨어 있는 것처럼 군다.

원더랜드를 찾는 투숙객도 마찬가지다. 어찌나 유난스러운지.

원더랜드는 짙은 초록으로 가득 찬 세계다. 규모는 크지 않다. 호텔이라기보다 민박에 가깝다. 대문을 들어서면 프런트 데스크가 보인다. 데스크를 끼고 돌아들면 공용으로 쓸 수 있는 널찍한 야외 로비가 있다. 객실은 총 여섯 개로 101호와 106호가 서로 마주 보는 구조다. 가운데는 풀장이 있다. 야자나무가 우거진 풀장은 원더랜드의 자랑이다. 데크체어에 몸을 기대면 파란 하늘이 얼굴로 쏟아진다. 싱싱한 초록의 잎 사이로 해가 뜨고 지는 것을 감상할 수 있다. 아름다운 곳이다. 그러나 몇 달째 손님이라곤 새벽에 도착해 눈만 붙이고 떠나는 백패커 몇이 전부였다.

"쏘 뷰리풀 플레이스. 아이 러브 잇."

꾀죄죄한 얼굴로 번지르르한 말만 남기는 족속들이었다. 그 짧은 시간 동안 제멋대로 원더랜드를 휘젓고 다녔다. 홀딱 벗고 데크체어에 누워 몸을 그을리는 건 물론이고 변기에 약봉지나 주사기같이 이상한 걸 쑤셔 놓고 떠났다. 객실에서 뭘 하든 상관할 바 아니지만 추가 요금을 못 받은 건 분통하다. 치우는 데 진땀을 뺐단 말이다. 하지만 이제 그마저도 뜸하다.

손님의 발길이 끊긴 건 다름 아닌 원더랜드 사장, 고복희 때문이다.

누군가는 고복희를 괴팍한 여자라고 정의하지만 그건 사실이 아니다. 단지 고복희는 '정확한' 루틴을 가지고 있을 뿐이다.

고복희는 아침 다섯시에 일어나 이부자리를 정리한다. 단발머리를 단정하게 빗은 뒤, 청결하고 활동성 좋은 옷으로 갈아입는다. 고복희가 생활하는 공간의 부엌에 난 쪽문을 나서면 곧바로 야외 로비로 갈 수 있다. 다섯시 이십분부터 로비를 쓸고, 데크체어와 파라솔을 펴고, 밤사이 풀장의 수면 위로 내려앉은 부유물을 걷어낸다. 그럼 다섯시 오십분이 된다. 오 분 동안 오늘의 손님 명단을 머릿속에 정리하고, 스스로 만든 '오 분 스트레칭'을 한 뒤, 정확하게 여섯시에 대문을 여는 것이 하루의 시작이다. 원더랜드의 대문을 열고 닫는 시간은 오전 여섯시부터 밤 열두시까지. 체크인은 정확하게 오후 두시 이후, 체크아웃은 오후 열두시 이전. 원더랜드의 투숙객은 모두 이 시간을 준수해야 한다. 예외는 없다.

"여행 왔는데 통금은 무슨 경우냐고요."

항변하는 손님도 있었다. 늦은 밤까지 흥청망청 노는 것은 개인의 자유다. 그러나 새벽까지 대문을 계속 열어두게 되면 그만큼의 인력을 더 써야 한다. 로비와 정원의 불빛도 밝혀놓아야 한다. 아무렇게나 인생을 살아가는 족속 때문에 새벽에 일할 직원을 쓴다는 건 시간 낭비, 돈 낭비, 에너지 낭비다.

다른 투숙객에게 피해를 주는 행동도 용납할 수 없다. 특히 술. 고복희는 취할 때까지 술을 마시는 사람을 신뢰하지 않는다. 그건 고복희가 싫어하는 행동 중 하나다. 멀쩡한 정신으로 살아가기도 모자란 세상이다. 언젠가 한 손님이 잔뜩 취해서 왔다. 새벽까지 난리 법석을 떨다가 겨우 잠이 들었다. 그러곤 다음 날 아침, 민망한 얼굴로 물어왔다.

"저 실수한 거 없었죠?"

"있었습니다."

고복희는 손가락을 접어가며 어젯밤의 실수를 열거했다. 객실의 문을 두드리며 손님들의 잠을 깨운 것,

야자수 잎을 뜯어 부채로 사용한 것, 휴지 대신 수건을 사용한 것, 컵이란 컵은 모조리 깨뜨린 것. 추가 요금을 청구했더니 불쑥 화를 냈다. 그런 것까지 돈을 받느냐는 거였다. 당연하다. 여긴 호텔이다. 주정뱅이를 돌봐주는 자선 사업이 아니다.

말 같지도 않은 이유로 환불을 요구하는 사람도 수두룩하다. 방에 벌레가 들어왔다, 수압이 약하다, 베개가 푹신하지 않다, 조명이 너무 밝다. 다 똑같은 놈들이다. 구글맵이나 트립어드바이저에 후기를 올리겠다며 협박하는 것까지, 한 치도 다른 게 없다. 고복희는 인터넷 족속들이 싫다. 본인이 스마트폰을 쓸 줄 안다는 걸 무기 삼아 맘껏 휘두르는 멍청이들이다.

"절대로."

부루퉁한 얼굴로 환불을 요구하는 손님에게 얼굴을 바짝 가져다대고 소리쳤다.

"불가능합니다."

고복희의 강경한 태도에 손님들은 입을 다물고 돌아섰다. 말이 통하지 않는 상대라는 걸 본능적으로 느끼는 것이다. 인터넷 예약 사이트에서 원더랜드의 별점이 낮은 건 당연한 일이었다.

한국에서 가져온 소주를 꺼내 들고 유세를 떠는 사람도 있었다. "여기선 소주 먹기 힘들죠?" 뭐 대단한 거라도 주는 것처럼 생색냈다. 그는 고복희가 자신의 술 상대가 되어주길 바랐다.

"싫습니다."

고복희는 단호하게 답했다. 결국 혼자 홀짝홀짝 소주를 마시던 남자는 고복희의 관심을 끌기 위해 별짓을 다 했다. 종국에는 "저 여기서 잘 거예요." 하고 야외 로비에 누웠다. 그러든지 말든지. 다른 이들에게 피해만 주지 않는다면 뒤뜰에서 자든 풀장에 가라앉아서 자든 고복희가 신경 쓸 바 아니다.

"사장님 정말 차가운 여자네요."

다음 날 아침, 각종 벌레에 물려 얼굴이 퉁퉁 부은 남자가 체크아웃을 요구했다. 예정된 시간보다 십 분 늦었기 때문에 추가 요금을 받았다. 그렇지 않아도 벌건 남자의 얼굴이 시뻘겋게 달아올랐다.

"당신 때문에 이 나라 이미지 망가진 거, 두고두고 기억하겠습니다."

고복희는 이런 멍청이들을 상대해줄 시간이 없다. 할 일이 수두룩하단 말이다. 모든 생명이 축복받은 듯

자라나는 열대기후다. 하늘을 향해 쭉 뻗은 나무는 수시로 잎과 가지를 정리해줘야 한다. 비죽비죽 솟은 잡초는 제초제도 소용없기 때문에 일일이 손으로 뽑는다. 풀장엔 도마뱀이나 쥐가 죽어 있기도 했다. 그 때문에 주기적으로 풀장의 구석구석을 닦는다. 객실의 방역과 청결에 힘을 쏟고 침구를 깨끗하게 세탁한다. 수건, 휴지, 샴푸, 비누, 드라이기나 커피포트의 위생 역시 매일같이 신경 쓴다. 다른 게 아니다. 바로 그런 일을 하는 게 고복희의 역할이다.

단지 몇 가지 원칙만 지키자는 것이다. 그게 그렇게 어렵단 말인가.

고복희는 텅텅 빈 원더랜드의 객실을 노려보다 고개를 저었다. 하나같이 한심한 놈들뿐이라고 생각하면서.

2

"한 달 살기?"

고복희는 미간을 찌푸렸다.

"그게 뭡니까?"

"말 그대로예요. 원더랜드에 한 달 동안 머무를 수 있는 시스템을 만드는 거죠."

린이 말했다. 그녀는 원더랜드가 오픈했을 때부터 지금까지 일하고 있는 유일한 직원이다. 유려한 한국어 실력 덕분에 종종 투숙객들은 "어, 한국인 아니었어요?" 하고 화들짝 놀라기도 한다.

"그런 건 호텔이라고 할 수 없습니다."

고복희의 반응을 예상했다는 듯 린은 차분한 얼굴이었다.

"이대로 있을 순 없어요."

린이 두툼한 종이 뭉치를 내밀었다.

"대책이 필요해요."

고복희는 서랍에서 돋보기안경을 꺼내 썼다. 원더랜드의 상황을 낱낱이 분석한 계획서였다. 최근 매출은 심각한 수준이었다. 서비스를 담당하던 직원은 물론, 매일같이 출근하던 청소업체마저 계약을 해지한 상황이었다.

"타깃을 확실히 해야 해요. 한국인으로요."

린이 이렇게 목소리를 높이는 이유가 있다. 원더랜드는 한국인이 쓰기 적합하게 만들어졌다. 서양인들은 한국인에게 당연한 것, 예를 들면 객실에 들어갈 때 신발을 벗고 맨발로 객실 바닥을 밟아야 하는, 사소한 것들에 불편을 느꼈다. 소통의 문제도 있었다. 이십오 년간 중학교 영어 선생으로 근무했던 고복희는 너무도 정확한 한국식 영어를 구사한다. 특유의 딱딱한 말투까지 더해진 영어 발음은 외국인 손님에게 오해를 사기 딱 좋았다. 린 역시 영어를 곧잘 하는 편이지만 한국어만큼은 아니다. 무엇보다 위치 면에서 그랬다. 한인이 모여 사는 동네에 위치한 원더랜드는 주변에 한식당이나 K마트, 노래방 등 한국인을 위한 공간으로 넘쳐났다.

그러나 애석하게도 캄보디아, 특히 프놈펜을 찾는 한국인 여행자는 많지 않다. 같은 동남아시아라면 뚜렷한 개성으로 여행객의 사랑을 차지하는 태국이 있고, 개방되기 무섭게 굉장한 속도로 주가를 올리고 있는 베트남이 있다. 인도네시아의 발리나 라오스의 방비엥처럼 미디어에서 흥미진진하게 다뤄준 적도 없다. 그럴 수밖에. 캄보디아의 수도인 프놈펜은 관광지로서 매력이라곤 찾아볼 수 없는 곳이다. 대단한 경관이나 유적지도 없고 방콕이나 홍콩처럼 번화한 도시도 아니다.

이런 도시에 한 달씩이나 머무른다니. 머저리가 아니고서야 왜 그런 짓을 한단 말인가.

"생전 듣도 보도 못한 일입니다."

"요즘 유행이에요."

린이 옆구리에 끼고 있던 또 다른 파일을 내밀었다. 스크랩한 기사 중 하나를 손가락으로 가리켰다. 요즘 여행객들 사이에서 한 도시에 오랫동안 체류하는 여행이 인기라는 내용이었다. 바쁘게 이동하는 대신 느긋하게 지내며 현지의 문화를 느끼려는 목적이었다. 여러 여행지 중에도 동남아의 인기가 두드러졌는데 무엇보다 비용 면에서 효율적이기 때문이었다.

그러니까 순 베짱이 같은 인간이나 하는 괴상한 짓이라는 뜻이다. 이런 인간들이 몰려와 봤자 좋을 것도 없다. 원더랜드의 모든 규칙이 무너질 것이다.

"그런 일은 싫습니다."

"이러다 제 월급까지 밀릴지도 몰라요."

린이 강수를 뒀다. 요령부득인 고복희를 움직일 수 있는 유일한 방법이라고 생각한 것이다. 아니나 다를까 그 말에 흠칫하는 고복희였다. 마음 한구석에서 가장 우려하던 일이었다. 확실히 지금은 원더랜드의 위기였다. 잠시 입을 다물고 침묵하던 고복희는 어쩔 수 없다는 얼굴로 고개를 끄덕였다.

불가능한 계획이다.

고복희는 그렇게 생각했다. 세상에 아무리 멍청이가 넘친다 해도 이 정도로 멍청한 선택을 하는 인간은 없을 거라고.

3

얼마 전, 박지우는 처음으로 여권을 만들었다. 아직까지 해외에 나가본 적 없다고 하면 친구들은 지나치게 놀라는 표정을 지었다.

"일본이라도 가봐. 비행깃값 얼마 하지도 않아."

충고랍시고 은근히 무시하는 말에 이골이 났다. 나 집순이야. 돌아다니는 거 안 좋아해. 열심히 변명해도 소용없었다. 또래들 사이에서 박지우는 항상 뒤떨어지는 애였다.

남는 건 시간이다. 다만 돈이 없다.

대학만 졸업하면 취직하는 거야 어려운 일이 아니라

고 생각했다. 일을 안 해본 건 아니다. 얼결에 입사한 회사에서 박지우는 석 달도 버티지 못했다. 대표와 직원 두 명으로 구성된 작은 회사였다. 천연화장품과 각종 친환경 제품을 팔았는데 대표는 말끝마다 "지우 씨는 국문과잖아." 하고 덧붙이며 일을 시켰다. 고객의 불만을 접수하고, 거래처에 발주 넣고, 택배를 보내고, 블로그에 홍보 글을 올리고, 대표의 부모님께 어버이날 감사 편지 쓰는 것까지도 업무의 일환이었다. "왜 제가 이것까지 해야 해요?" 물어보면 "그럼 내가 하리?" 하는 대답이 돌아왔다. 어떻게 해서든 180만 원의 값을 뽑아내고야 말겠다는 의지가 보였다.

은근한 마음으론 이렇게 그냥저냥 살고 싶다. 소비 활동이 없으니까 생산 활동에 필요를 느끼지 못하겠다. 제로의 상태로 살면 되잖아. 하지만 부모님이 용납하지 않는다. 사소한 불만이라도 내뱉으면 "그래, 그럼 제발 독립해서 네 맘대로 하고 살어." 하고 핀잔을 준다. 친구들마저 한심하게 여기는 게 느껴진다. 대학 동기는 자격증이라도 따는 게 어떠냐고 채근한다. 같이 스터디 모임을 하는 언니는 취업의 열정이 보이지 않는다고 지적했다.

나도 부모 잘 만났으면 이 고생은 안 할 텐데. 이런 마음이 들면 자연스럽게 떠오르는 건 한별이다. 중학교부터 치열하게 성적 뒷자리를 다퉜던 한별은 대학 졸업과 동시에 성수동 한복판에 이층짜리 카페를 열었다. 만나기만 하면 바빠 죽겠다고 툴툴댄다. 힘들겠네, 하고 집으로 돌아오면 허탈하다. 왜 하필 나한테 징징대지? 내가 안 바쁜 걸 알면서?

"나도 자식 잘 만났으면 얼마나 좋았겠니."

엄마는 손가락을 들어 텔레비전을 가리켰다. 드라마며 예능이며 광고까지 주야장천 나오는 아이돌 가수였다. 쟤는 부모한테 벤츠 사줬다더라. 엄마가 소파 등받이에 기대며 심드렁한 표정을 지었다.

"그런 거 바라지도 않아. 네 앞가림만 하라는 거지."

박지우는 대답 대신 생수만 벌컥벌컥 들이켰다. 엄마랑 말할 때마다 가슴이 답답해 견딜 수가 없다. 하나뿐인 딸의 마음을 절대 이해하지 못한다. 배가 불렀다고, 게으르고 한심하다고 치부할 뿐이다. 방에 들어와 습관적으로 SNS에 접속해서 친구들의 일상을 관찰했다. 얘는 여전히 예쁘네. 얘는 사고 쳤나, 갑자기 결혼? 얘는 취직했구나. 한별은 또 해외다. 지금은 뉴욕에 있

다. 요즘 여행에 재미를 붙인 듯했다. 한국은 답답하다
는 말을 시도 때도 없이 한다. 아, 나 그냥 이민 갈까?
미국시민권 따면 놀러와, 하고 선심 쓰듯 말한다. 그럴
때마다 뭐라고 답해야 할지 모르겠다.

　박지우는 서울조차 벗어나 본 적 없다. 딱히 벗어날
필요가 없었다. 서울엔 모든 게 다 있다. 교육, 의료,
문화, 행정…… 완벽하게 조성된 도시다. 악착같이 상
경하는 지방 사람들을 보면 조금 불쌍하다는 생각도
들었다. 그러나 이제 서울에서 산다는 건 자랑이 아니
게 됐다. 사람들은 도쿄로, 멜버른으로, 런던으로, 뉴욕
으로 떠나고 있다. 아직 서울에 남아 있는 사람을 한심
하다는 듯 쳐다보면서.

　기회가 된다 한들 외국에서 살고 싶지도 않다. 새로
운 언어와 문화를 배울 에너지도 없을뿐더러 빠른 인
터넷 속도와 배달 문화가 없는 곳에서 사는 건 상상하
기도 싫다. 인터넷에는 모든 게 다 있다. 그 안에도 그
나름대로 집단이 나뉘어 있어서 자신과 어울리는 곳을
찾아 들어가면 됐다. 패션, 뷰티, 아이돌, 애니메이션,
게임, 서브컬처나 괴이한 취미를 가진 사람들이 끼리
끼리 모여 대화를 나누었다. 이렇게 편하고 좋은 걸 뭐

하러 밖으로 나가. 피곤하고 심란하기만 하지.

"뭐 허구한 날 처박혀 있어. 방 좀 치우고. 씻고. 밖에 나가서 산책이라도 하고 와."

엄마 딴엔 조언이라고 하는 것들이 딸의 인생을 비참하게 만든다는 걸 알고 있을까. 힐난이 심해질수록 박지우는 더욱더 인터넷 세계로 빠져들었다.

그날도 마찬가지였다. 목적 없이 이쪽 사이트, 저쪽 사이트를 기웃거렸다. 무심결의 클릭과 클릭 사이에서 광고 하나와 마주쳤다. '이국적이고 아름다운 객실, 친절한 직원, 가족 같은 분위기, 동남아의 정취를 만끽하세요.' 배너를 누르자 홈페이지로 자동 연결됐다. 사진 속 호텔은 깔끔하고 편안해 보였다. 푸릇푸릇한 열대식물로 둘러싸인 작지만, 특색 있는 풀장도 눈에 들어왔다. 마침 이벤트를 하고 있었다. 한 달 동안 객실을 빌려주고 조식과 석식까지 제공하는데 생각보다 괜찮은 가격이었다.

평소라면 무시하고 지나칠 내용이었지만 그날은 뭔가 달랐다.

"넌 좋겠다. 시간 많잖아. 내가 너라면 맨날 놀러 다녔어."

한별은 모든 사람이 자신과 같은 삶을 살고 있지 않다는 걸 알고 있었다. 그런데도 본인의 기준에서 모두의 삶을 평가했다. 왜 안 놀아? 왜 안 해? 왜 안 가? 왜 그렇게 재미없게 살아? 물음표를 던져대는 한별에게 박지우는 아무런 대꾸도 못 했다. 왜냐면…… 나는 네가 아니잖아. 그 단순한 대답을 하기가 어려웠다. 인정하는 거니까. 내 삶이 네 삶보다 보잘것없다는 사실을. 마우스를 쥔 손에 힘이 들어갔다.

나도 한번 가보지, 그깟 외국 여행.

박지우는 충동적으로 결제 버튼을 눌렀다.

4

"보세요. 신청자가 있어요."

커다란 갈색 눈을 빛내며 린이 말했을 때, 고복희는 경악했다. 이렇게 시간이 남아도는 한심한 족속이 정말 존재한다니.

"게다가 한국인이에요."

드디어 모든 것이 제대로 돌아가기 시작했다는 얼굴

의 린이었다. 이젠 고복희도 어쩔 수 없다. 손님을 맞이할 준비를 해야 했다. 어떤 사람인지 알 수 없으나 차분한 성격을 가졌기만을 간절히 빌었다.

함께 생활해야 한다. 무려 삼십 일 동안.

목뒤가 뻐근해지는 기분이었다. 피로감이 몰려왔다. 평소보다 일찍 대문을 닫기로 마음먹었다. 하루의 일과를 지키는 건 중요한 일이지만, 그보다 더 급한 사항이 생겼다.

원더랜드에 한 달 동안 머무는 손님에게 조식과 석식까지 제공하자는 린의 제안서를 보고 처음엔 발끈했지만 이내 수긍했다. 비용을 따져보면 확실히 그 편이 합리적이었다. 어차피 결정된 일이라면 제대로 해야 한다는 생각도 있었다. 고복희는 한 달 동안의 식단, 그에 필요한 재료, 요리법 등을 빼곡하게 적어 냉장고에 붙여놓았다. 식사를 할 때 투숙객이 반드시 지켜야 할 시간과 방식까지 써 내려간 뒤에야 만족한 표정을 지었다. 새로운 손님 때문에 추가된 새로운 규칙이었다.

걱정되긴 했다. 고복희는 부엌과 가깝게 지내는 부류가 아니다.

"음, 복희는 약간 창의적인 스타일?"

신혼 초, 고복희의 요리를 맛본 장영수는 그렇게 말했다. 고복희에게 창의적이라는 수식어를 붙여준 사람은 장영수가 처음이었다. 그는 종종 그런 식으로 고복희를 놀리곤 했다. 그렇다고 장영수의 요리가 특별히 맛있거나 하진 않았다. 고복희에게 음식 맛은 다 비슷하다. 조개구이만 빼고.

고복희는 재료가 어떤 식으로 변형되어 요리로 완성되는지 그 일련의 과정을 이해하지 못한다. 간단해 보이는 음식은 사실 굉장한 수고를 요한다. 하다못해 고기 굽기도 쉽지 않다. 분홍빛이 돌면 큰일 날 것 같아 오래 익히다 보면 씹지도 못하게 질겨지고 만다. 야들야들한 채소는 수돗물에 가져다 대기만 해도 금방 찢어진다. 계란프라이의 노른자는 봉긋한 모양은커녕 지저분하게 이리저리 흩어지고 국에 넣는 간장의 양은 얼마나 조절해야 할지 모르겠다.

혼자 먹을 때야 아무렇게나 먹으면 그만이지만 손님에게 대접하는 거라면 문제가 다르다. 남이 먹을 밥 때문에 잠도 못 자고 고민하는 모습을 장영수가 봤다면 분명 두고두고 놀려먹었을 것이다.

뭐, 별수 없다. 어쨌든 지금 고복희는 원더랜드를 책임지는 사람이다. 맡은 일에 최선을 다한다는 건 언제나 고복희가 지켜왔던 삶의 원칙이었다.

5

한껏 멋을 부린 이십 대 여자였다.

컴컴한 밤에 선글라스를 쓰고 두리번대는 박지우를 마주하자 불안한 예감이 스멀스멀 올라왔다.

"저…… 그건데. 한 달 살기."

고복희는 박지우에게 로비에 앉으라고 권한 뒤 웰컴 드링크를 건넸다. 박지우는 조금 긴장한 얼굴이었다. 손톱을 물어뜯다가 음료를 들이켜고 숨을 크게 내쉬었다.

"여기까지 오는데 진짜 힘들었어요."

차를 내어주니 수다를 떨자는 걸로 착각한 모양이었다. 고복희가 묻지도 않았건만 인천공항에서부터 원더랜드까지 오는 과정의 일을 상세하게 늘어놓았다. 공항버스 시간을 착각하는 바람에 다섯 시간을 기다렸고, 승무원이 입고 있던 옷에 오렌지주스를 엎질렀고, 캄보디아에 도착해 택시 기사에게 바가지를 썼고⋯⋯. 종알종알 어찌나 말이 많은지 도저히 들어줄 수가 없었다. 고복희는 더 이상 참지 못하고 테이블 위의 음료를 치웠다.

"따라오십시오."

"헉, 두근두근."

심장 뛰는 소리를 직접 입 밖으로 내는 족속은 또 처음이다. 아니길 빌었는데. 역시 이상한 인간이 왔다. 거 봐. 이런 멍청한 일을 하겠다고 나선 것치고 제대로 된 인간은 없을 거라니까. 고복희는 짜증을 꾹 누르며 101호를 향해 걸었다. 박지우는 고복희 뒤를 따르며 호텔 구석구석을 핸드폰으로 담았다.

"꺅, 너무 예뻐요."

박지우는 흥건한 풀 냄새를 맡으며 생경한 수종에 감탄했다. 열대수에 뒤덮인 풀장을 보자마자 쪼르르 달려가 손을 집어넣었다.

"해외여행, 바로 이런 느낌인가?"

혼자서 중얼거리다가 손에 든 핸드폰으로 셀카를 찍었다. 어두운 밤에 환한 불빛이 켜지자 나방 몇 마리가 날아들었다. 왜 이렇게 벌레가 많은 거냐며 혀를 내밀었는데 입 속으로 나방 한 마리가 쏙 들어갔다. 발을 구르며 침을 퉤퉤 뱉었다.

난리도 이런 난리가 없다.

첫날부터 느껴지는 피로감에 고복희는 얼굴을 찌푸리고 한숨을 쉬었다.

다음 날 아침, 박지우는 조식을 기다리며 로비 소파에 앉았다. 뽀얀 얼굴이 퉁퉁 부어 있었다. 전날 고복희가 내민 두툼한 종이를 정독하느라 늦게 잔 탓이었다. 거기에는 원더랜드에서 지켜야 할 규칙이 적혀 있었다. 식사 시간을 꼭 지켜야 한다고 강조하는 바람에 자기도 모르게 긴장한 상태로 눈을 떴다.

고복희가 접시를 테이블 위에 내려놓았다. 바게트, 계란말이, 콘샐러드, 그리고 간장. 응? 조합이 미묘하게 이상한데. 박지우는 당황했지만 이내 여기가 외국이라는 사실을 깨닫고 고개를 끄덕였다. 어느 나라에선 김치칵테일도 판다고 하잖아. 그렇게 생각하며 큰소리로 외쳤다.

"잘 먹겠습니다."

그러곤 핸드폰부터 들이댔다. 한참 동안 사진을 찍은 후에야 젓가락을 들었다. 신나게 계란말이를 썹던 박지우가 한풀 꺾인 표정으로 음식을 삼켰다. 맛이 어떠냐는 고복희의 질문에 박지우는 어색한 웃음을 흘렸다. 그러곤 뭔가 생각났다는 듯 급하게 말을 돌렸다.

"호텔이 예쁘고 조용해요. 어제 진짜 잘 잤어요."

박지우는 손을 들어 입가를 쓱 닦았다.

"이거 다 먹고 앙코르와트에 가려고요."

박지우의 말에 고복희는 한쪽 눈썹을 치켜올렸다.

6

앙코르와트. 고대 크메르 제국이 남겨놓은 신비의 유적. 세계에서 가장 크고 아름다운 종교 건축물. 죽기전에 꼭 봐야 할 세계문화유산. 캄보디아의 상징이며 관광객의 첫 번째 목적.

박지우가 캄보디아행을 결정한 건 원더랜드 덕분이지 앙코르와트 때문이 아니다. 어디든 상관없었다. 그저 떠나기만 하면 됐으니까. 지구 구석구석을 갈 수 있는 시대다. 주머니에 돈만 있으면 눈앞에서 이라와디 돌고래가 물 뿜는 모습도 구경할 수 있다. 선진국일수록, 생경한 문화일수록, 한국에서 멀면 멀수록 좋은 여행지로 취급받았다. 여행 소비 문화를 주도하는 플랫폼에는 우유니 사막의 신비로움, 마추픽추의 웅장함, 아이슬란드의 영롱함을 경험한 사람들의 후기로 넘쳐났다. 생생한 증언은 또다시 누군가의 버킷리스트로 치환됐다. 그중에도 동남아시아는 뜨고 있는 여행지 중 하나다. 한국 젊은이들 사이에서도 인기 만점이었다. 합리적인 비행기 요금, 싼 물가, 낯설지도 익숙하지도 않은 음식과 사람들, 사시사철 여름이라는 특별함까지. 일본이나 중국처럼 가까운 것은 아니지만 그렇다고 너무 멀지도 않아 3박 4일의 짧은 휴가에도 무리 없이 다녀올 수 있는 곳이다.

그러나 비행기가 이륙하는 순간에도 박지우는 불안을 감출 수 없었다. 즐거워야만 하는 기분이 엉망진창이었다.

"너 미쳤니?"
엄마가 기가 찬다는 듯 이마를 짚었다.

"나가서 사람도 만나고 그러라며?"

박지우는 지지 않고 대꾸했다.

"너 취직 안 해? 조용히 있진 못할망정 왜 이상한 짓만 골라서 해?"

"여행 가는 게 뭐 이상한 짓이야."

"여자애가 어딜 간다고 그래. 한 달씩이나. 그것도 혼자서."

"아니, 여기서 여자가 왜 나와."

"미쳤어, 미쳤어. 세상이 얼마나 무서운데."

발을 동동 구르던 엄마는 여행 경비의 출처에 관해 물었다. 조금씩 모아놓았던 용돈이라는 말에 펄쩍 뛰었다. 그게 있었으면서 그동안 입을 싹 닫고 있었냐며 또다시 화를 냈다.

"내 돈인데 엄마한테 보고해야 해?"

"그게 어째서 네 돈이야? 내 돈이지."

"그렇게 따지면 그 돈도 엄마 돈이 아니라 엄마네 회사 사장 돈이지."

박지우의 말에 엄마는 가슴을 탕탕 쳤다. 뭐가 그리 아니꼬운 건지. 그냥 여행 좀 다녀오겠다는데 그게 그렇게 나쁜 거야?

역시 말이 통하지 않는다. 카톡을 켜고 친구들의 프로필을 뒤졌다. 엠파이어 빌딩에서 여유로운 표정을 짓고 있는 한별의 프로필 사진을 보며 메시지창을 열었다. 한별만은 자신을 비난하지 않을 거라고 믿었다. 캄보디아로 여행을 가려는데 엄마가 짜증나게 한다는 내용을 구구절절 적어 전송했다. 잠시 후 한별에게 답장이 왔다.

거기 거지나라 아님? 너 말라리아 걸려.

부풀었던 기대감이 쪼그라들다 못해 구깃구깃하게 접혀 쓰레기장에 처박히는 기분이었다. 핸드폰이 터질 것처럼 뜨거웠다. 화면 위로 손가락을 빠르게 움직였다.

아냐. 나 원래 거기 가고 싶었어.

메시지 읽음 표시가 사라지길 초조하게 기다리다 참지 못하고 한마디 더 던졌다.

잘 모르나 본데, 나 그런 곳 좋아해. 괜히 비싼 데서 돈 쓰는 것보다 낫지.

　답장은 오지 않았다. 읽지도 않았다. 잠시 후 한별의 프로필 사진은 고급 레스토랑에서 와인 잔을 들고 먼 곳을 응시하는 모습으로 바뀌었다. 마음이 헝클어지고 후회가 밀려왔다. 캄보디아를 비웃는 한별을 보니 자신의 존재가 모욕당한 것처럼 창피했다.

　호텔을 덜컥 결제하고 난 다음, 여행 계획을 세우지 않은 건 사실이다. 어차피 한 달 동안의 숙소도 정해졌 겠다. 밥도 준다고 했겠다. 그저 가서 재미있게 즐기다 오면 그만이라고 생각했다. 뭐가 유명한지 어떤 음식이 맛있는지 그런 건 박지우에게 별로 중요하지 않았다. 한별의 말을 들으니 불안감이 엄습해왔다. 검색창에 캄보디아를 쳤다. 정말…… 별거 없는 나라였다. 그래도 위안이 되는 건 앙코르와트의 존재였다. 앙코르 와트. 입 안에서 천천히 굴려보았다. 특별하다는 느낌이었다. 신비한 고대 유적을 한 달 동안 마주하는 것, 그건 이전부터 바라왔던 간절한 소망처럼 느껴졌다.

　그러니까 박지우에게 앙코르와트는 단순한 유적지 이상이었다. 일종의 목표였다. 최선을 다해 구경하고 신선한 느낌을 받을 것이다. 열과 성을 다해 찍은 사진을 차근차근 인스타그램에 업데이트할 것이다. 보여줄 것이다. 휘황찬란한 도시를 배경으로 몸매를 과시하는 사진만 찍고 돌아오거나 비키니를 입고 수영장에 누워 로브스터를 먹는 리조트형 여행과는 다르다고. 진짜를 느끼는 여행. 삶의 현장을 체험하는 특별한 여행을 하고 있노라고.

앙코르와트에 가겠다는 박지우의 말에 고복희는 의아한 표정을 지었다.

"왜 여기로 왔습니까?"

고복희의 물음에 이젠 박지우가 이해하지 못하겠다는 얼굴이었다. 앙코르와트에서 한 달을 보내고자 하는 여행자의 마음을 누구보다 헤아려야 하는 사람마저 이런 식으로 나오다니. 지구촌 모든 사람이 자신을 골리려고 하는 것 같았다. 박지우는 불만의 표시로 입술을 죽 내밀었다.

"앙코르와트 때문이라고 했잖아요."

"그럼 앙코르와트 가까이 갔어야지요?"

"여기가 앙코르와트 가까이잖아요?"

"더 가까이로 가야죠."

"얼마나 가까이 가란 말씀이세요?"

이곳은 프놈펜이다. 앙코르와트는 시엠레아프에 있
다. 프놈펜에서 시엠레아프는 버스로 일곱 시간, 비행
기로는 한 시간이 걸린다. 아주 멀지는 않지만 그렇다
고 가깝지도 않은 거리다. 택시든 버스든 비행기든 뭔
가를 타고 이동해야 하는데 교통비도 만만치 않다.

박지우가 어리벙벙한 표정을 지었다.

"여기가 캄보디아 수도 아니에요?"

"맞습니다."

"근데 앙코르와트가 없어요?"

"불국사는 서울에 있습니까?"

박지우의 표정이 굳어졌다. 한참을 멍하니 있다가 자
리에서 일어나 발 닿는 곳으로 휘적휘적 걸어갔다. 고
복희는 익숙한 손놀림으로 테이블 위 접시를 정리했다.

7

"여기는 노상 손님이 없으니 주인 얼굴 보기가 힘들

어?"

원더랜드 대문을 박차고 김인석이 들어왔다. 또 시작이야. 린이 고개를 저었다. 김인석은 일흔을 바라보는 나이라곤 믿지 않을 정도로 젊은 얼굴이다. 머리는 하얗게 셌지만 허리가 꼿꼿하고 목청이 좋아 오십 대 후반으로 보는 사람도 있다. 그는 시간 날 때마다 원더랜드를 찾아온다. 와서 행패를 부린다. 한가롭게 누워 몸을 그을리는 손님에게 실수인 척 물을 끼얹고 뽕짝을 틀어 고래고래 노래를 부른다. 멀쩡한 인간이라면 도무지 상상할 수도 없는 짓을 한다. 오죽하면 투숙객 중 하나가 "유얼 쏘 어글리." 하고 핀잔을 주기도 했다. 김인석은 아랑곳하지 않는다. 본인은 싫은 소리 한 번 들을 뿐이지만 그 손님은 두 번 다시 원더랜드를 찾지 않을 것이다. 어글리 코리안을 보기 싫어서라도. 그건 김인석이 바라는 바다.

박지우는 데크체어에 기대 우울에 잠겨 있었다. 파리만 날리던 원더랜드에 등장한 낯선 인물에 김인석이 관심을 보였다.

"거기는 누구야?"

"아저씨는 누군데요?"

"만복회 회장이외다."

박지우는 마지못해 고개를 까딱 숙이고 다시 상념에 빠졌다. 김인석의 얼굴에 짜증이 스쳐 지나갔다. 어디 젊은 여자애가 말이야. 대낮부터 벌러덩 누워서 말이야. 어른이 오셨는데 싹싹없이 말이야.

"손님이야?"

김인석이 입맛을 다시며 린을 쳐다봤다.

"얼굴빛이 왜 저래? 완전 탈색이 됐네."

린은 잘 모르겠다고 말을 흐렸다.

"차나 한잔 내봐."

그러곤 박지우 옆에 자리를 잡고 앉았다. 그나마 고복희가 외출해서 다행이었다. 만일 둘이 만났다면 시끄러운 상황이 연출됐을 것이다.

"아가씨는 어디 출신이야?"

"출신이요?"

"고향이 어디냐고."

"서울인데요."

"아, 서울 아가씨구먼."

김인석이 껄껄 웃었다. 이 아저씨가 도대체 뭐 하자는 것인지 짜증스러워 박지우는 선글라스를 쓰고 얼굴을 가렸다.

"여긴 왜 왔어?"

그 말을 듣자 박지우는 울고 싶었다. 하지만 울고 싶다고 해서 울 수 있는 것은 아니었다. 눈물이라도 흘리면 귀찮은 아저씨가 사라져줄 것 같은데. 온몸이 건조해도 너무 건조하다. 뻑뻑한 눈을 깜빡이며 한숨을 푹 쉬었다.

"여행하러 왔지. 왜 왔겠어요."

"얼마나 있나?"

"한 달 동안 있어요."

"그렇게 오래? 뭐 볼 게 있다고?"

"저도 몰라요."

한 톤 높아진 목소리로 박지우가 말했다. 햇살이 강렬한 오후였다. 바람 한 점 없었다. 선글라스에 덮인 파스텔 톤 하늘을 바라보자 조금 미안한 마음이 들었다. 모르는 아저씨에게 괜히 신경질을 내고 있었다.

"죄송해요."

박지우가 시무룩해지며 자세를 고쳐 앉았다.

"그래. 젊은 사람이 어른한테 싹수없이 그러면 쓰나."

"제가 잘못 왔거든요. 원래 올 곳은 여기가 아니었는데, 아니 그게 아니라, 원래 올 곳은 여기가 맞지만, 어쨌든 결론적으로는 잘못 왔다는 거죠."

"뭐라고?"

"그니까 여기에 앙코르와트가 없다는 거죠."

"뭔 소리를 하는 거래."

"아, 됐어요. 이상한 애라고 생각해주세요. 요즘 애들 다 이상해요."

박지우가 머리를 흔들었다. 그렇지 않아도 머릿속이 와글와글 시끄러웠다. 손을 획획 저으며 생각을 날려버리기 위해 노력했다. 김인석이 박지우의 얼굴을 쳐다봤다.

"잘못 왔다는 거지?"

"네."

"목적지가 여기가 아니고?"

"네."

"이 호텔에 한 달 동안 있기가 싫다는 거지?"

"뭐, 네."

"간단하게 해결될 문제네."

때마침 외출을 마친 고복희가 원더랜드로 돌아왔

다. 김인석의 얼굴을 마주하고 노골적으로 얼굴을 찌푸렸다.

"내가 해답을 줄게."

김인석이 고복희의 팔을 끌고 박지우 옆에 앉혔다. 두 여자의 가운데로 선 김인석이 큼큼 목소리를 가다듬었다. 왼팔을 내밀어 고복희를, 오른팔을 내밀어 박지우를 가리켰다.

"원더랜드는 여기에 환불을 해줘. 여기는 그 돈으로 가고 싶은 곳을 가면 되잖아?"

"안 됩니다."

환불이라는 단어에 기민하게 반응하는 고복희였다. 그건 그녀가 절대로 용납하지 못하는 것 중 하나다.

"야박하네. 한국인끼리 그것도 못 해줘?"

"환불 정책에 관해서는 홈페이지에 상세하게 나와 있습니다. 메일로도 보내드렸습니다."

"봐, 여기가 이렇다니까?"

김인석이 발을 굴렀다.

"자기가 무슨 로봇이야? 본인이 여기 운영하는 사람이면 그거 환불 좀 해줄 수도 있는 거 아니냐고. 되게 웃긴 사람이라니까. 봤지? 아가씨도 봤지?"

"네?"

"막 사람 꼬나보면서 안 됩니다, 이렇게 말하는 거 봤잖아?"

"아, 뭐."

"아가씨도 단호하게 말해. 환불해달라고 당당하게 말하라니까? 손님이 왕이라는 말 몰라?"

그 말을 듣고 보니 또 그런 것도 같았다. 아까까지만 해도 세상이 자신을 버렸다고 생각했는데, 구원의 빛이 보이는 것 같았다.

"가능할까요?"

박지우는 눈꼬리를 내리며 불쌍한 표정을 지었다. 양손을 모으고 허리를 최대한 숙여 굽실거리는 포즈도 만들어냈다.

"그래도 양심적으로 이번 주까지는 있을게요. 나머지 방값만 환불해주면 안 될까요?"

"안 됩니다."

"제가 진짜 정신이 없어서 그랬어요. 그러니까 한 번만."

"환불 정책에 대해서는 메일로 자세하게 명시해 보내드렸습니다."

"아이 너무 그렇게 딱딱하게 말씀하지 마시구요."

"어쩔 수 없습니다."

애교를 부린 것이 민망해지면서 점점 화가 났다. 아니, 좀 좋게 말하면 덧나나? 내가 나이가 어려서 그렇지, 저 아저씨 말대로 원래 손님이 갑 아니야? 박지우는 자세를 고치고 공격적인 태도를 취했다.

"생각해보니까 사장님 책임도 있어요."

박지우가 핸드폰을 들어 뭔가를 찾았다. 원더랜드 홈페이지를 캡처한 사진이었다. 결제 완료 안내와 함께 배경으로 캄보디아의 상징인 앙코르와트 사진이 삽입되어 있었다.

"자, 봐요. 왜 여기에 이런 사진을 넣었냐구요. 사람 헷갈리게."

이런 멍청아, 라고 소리칠 뻔했다. 이렇게까지 고복희를 화나게 하는 손님은 오랜만이다.

"이 도시엔 앙코르와트가 없습니다. 그런 주의 사항이라도 써놨어야죠."

"억지입니다."

고복희는 관자놀이를 누르며 말했다. 손님에게 할 수 있는 최대한의 예의를 지키려고 노력하면서.

"원칙은 원칙입니다."

"그러니까 이번 주까지는 있겠다구요. 비싼 비행기 타고 왔는데 목표는 이루고 가야죠."

"그건 그쪽 사정입니다."

"말이 너무 심하신 거 아녜요?"

"정책은 정책입니다."

고복희 입장은 그게 다. 뱉은 말 그대로 원칙은 원칙이다. 고복희는 뒤도 돌아보지 않고 프런트로 향했다. 뒤에서 "꺅, 정말 짜증나." 하는 절규가 들렸다. 그러든지 말든지. 환불은 절대 불가능하다.

김인석이 고복희 뒤를 쫓았다.

"충고 하나 할까?"

그러더니 얼굴을 바싹 가져다 댔다. 미지근한 숨결이 느껴질 정도였다.

"그렇게 융통성 없이 굴다간 주변에 사람이 하나도 남아나질 않을걸. 결국 혼자 남게 될 거야. 영원히."

8

고복희와 김인석의 사이가 처음부터 나빴던 건 아니다. 오히려 반대다. 고복희는 그가 성가시기는 해도 괜찮은 사람이라고 믿었다.

김인석은 원더랜드가 오픈하기 전부터 자주 찾아왔다. 공사 중인 건물을 보며 객실 창의 방향이나 화분을 놓는 위치와 같이 세세한 것을 간섭하고 한국에서 날아온 EMS를 중앙우체국에서 찾아다 옮겨줬다. 교민들이 정보를 나눈다는 인터넷 카페 주소를 일러주면서 만복회 모임에 초대하기도 했다.

'만 가지 복을 받자'는 뜻의 만복회는 이곳에서 지낸 지 십 년 이상 된 교민들로 구성된 모임이다. 뿌리를 내린 지 오래되기도 했고 대사관과 긴밀한 관계를 맺었기 때문에 교민 사회에서 꽤나 큰 입김으로 작용하는 집단이었다. 막 교민 사회에 진입한 고복희는 만복회가 뭔지, 김인석이 왜 저렇게 뻐기고 다니는지 전혀 알지 못했다. 애초에 고복희는 사교 모임에 참여하는 성격이 못 된다. 아무리 불러내도 원더랜드 밖으로 나오지 않자 김인석이 직접 찾아오기 시작했다. 새로운 교민을 챙긴다는 명분이었다.

"딱 보니까 그쪽은 곱게 살아왔어. 얼굴만 봐도 보여. 무탈하게 살아왔다는 그런 흔적이. 여기 호텔 꾸며놓은 것 좀 봐. 이게 어디 보통 사람 솜씨야?"

김인석은 고복희를 세상 물정 모르는 마나님으로 취급했다. 영어 선생이었다는 말을 듣고는 더욱 그랬다. 먹고살기도 힘들었을 때 교육을 잘 받았네. 그러면서 자신이 얼마나 힘겹게 살아왔는지에 대해 늘어놓았다. 딱히 인상적인 내용은 없었다.

"남편이나 뭐 다른 가족분은 안 계시나?"

무례한 질문이라고 생각했지만 숨길 만한 사실도 아니기에 고개를 끄덕였다. 그의 얼굴이 서서히 밝아졌다. 그러곤 "여자 혼자 힘들지 않으냐?" "원래 이런 일은 아무나 못 한다." 하는 식의 말을 퍼부어댔다. 뭐, 그렇습니다, 하고 고복희는 건성으로 대꾸했다.

"그렇지? 힘들지?"

김인석이 이마를 탁 쳤다.

"내가 여기서 산 지 십오 년이 넘어가는데. 어지간한 사람들은 장사로 못 살아남아. 내가 사장님 생각해서 제안 하나 하려고 그래."

중대한 비밀을 일러준다는 태도로 김인석이 목소리를 낮췄다.

"여기가 호텔 하기에 전혀 좋은 위치가 아니에요. 공항이랑 가까운 것도 아니고. 그렇다고 번화가랑 가까운 것도 아니고. 여긴 땅값이 싸서 교민들이 모여 사는 동네야. 무슨 생각으로 여기다가 이런 호텔을 지었는지 모르겠지만. 잘못 왔어. 고복희 씨."

틀린 말은 아니다. 호텔을 운영하기 적합한 위치가 아니라는 사실은 고복희도 알고 있었다. 김인석이 고복희의 얼굴을 살피더니 말을 이어나갔다.

"단도직입적으로 말할게. 원래 여기는 우리 쪽에서 쓰려고 마음먹었던 건물이었어. 그런데 갑자기 고복희 씨가 나타나서 가로채버린 거야. 우리 입장이 얼마나 난처했을지 이해가 가? 벌건 대낮에 건물을 뺏겨버린 그 심정이?"

고복희가 발끈했다.

"남의 물건 가로채는 일 따위 안 합니다."

"그랬다니까?"

"법에 위반되는 것 없이 정정당당하게 양도받았단 말입니다. 그게 왜 가로챈 겁니까?"

"상식적으로 생각해봐. 내가 여기서 십오 년을 살았다니까? 고복희 씨는? 여기서 얼마나 살았어? 아니, 이 나라가 어떤 나라인지 알기나 했어? 어디서 나타났는지 갑자기 굴러들어 와서 박힌 돌을 빼내고 있잖아."

"대체 무슨 말을 하는 겁니까?"

"고복희 씨가 상도덕이 없단 말이지. 상도덕이."

미친 게 틀림없다. 더 이상 대꾸하고 싶지 않았다. 고복희는 자리에서 일어나 빗자루를 들고 로비 바닥을 쓸었다. 김인석이 요란스럽게 손짓 발짓을 하며 관심받기 위해 노력했다. 그러든지 말든지. 고복희는 남을 무시하는 일을 아주 완벽히 잘한다. 아예 눈앞에 없는 것처럼 굴 수 있다. 어린 시절부터 연마된 기술이다. 그는 한참을 씩씩대다가 제풀에 지쳐 돌아갔다.

이후 김인석은 시도 때도 없이 찾아와 장사에 방해를 놓았다. 나가라고 윽박지르면 대답을 내놓으라고 했다. 뭘 맡겨놓기라도 한 사람처럼 뻔뻔한 태도였다. 고복희는 원더랜드를 정리할 생각이 없다. 확고하고 명료하게 입장을 전달했지만, 그는 고개를 저었다. 자신이 원하는 답이 아니란 거였다.

가끔은 직원을 보내기도 했다. 안대용은 키가 180센티가 넘어가고 뼈가 두꺼워 기골이 장대하지만 얼굴은 순하게 생겼다. 조금 답답한 면이 있어서 그렇지 천성이 나쁜 사람은 아니다. 고복희는 안대용을 싫어하지 않았다. 다만 비열한 김인석 밑에서 일하는 것을 불쌍하게 여길 뿐이었다.

"오, 오늘 안에 답, 답을 못 받으면 아, 안 돼요."

안대용은 고복희의 눈치를 보며 쩔쩔맸다.

"호텔이 뭐 하는 곳입니까?"

고복희가 안대용을 향해 물었다.

"손, 손님이 잠, 잠자는 곳입니다."

"안대용 씨는 내 손님입니까?"

"아, 아니요."

"손님이 아닌 안대용 씨가 찾아와서 시끄럽게 구는 건 무슨 경우입니까?"

"그, 그것이 무, 무슨 경우냐면."

안대용이 잠시 생각했다.

"안, 안 되는 경우, 안, 안 되는 경우네요."

안대용은 빠르게 고개를 끄덕이면서 안 된다, 이건 정말 안 된다, 하고 소리쳤다. 안대용도 아는 걸 김인

석은 왜 모른단 말인가. 안대용은 이제야 답을 얻었다
는 표정이었다.

"회, 회장님한테 가서 안, 안 된다고 말할게요."

그렇게 마무리될 줄 알았다. 우연히 길거리에서 만
난 안대용의 눈가에 시퍼렇게 멍이 들어 있는 것을 보
고 소스라치게 놀랐다. 그날 이후 김인석을 향한 경멸
의 마음은 더욱 강해졌다.

9

원더랜드로 군인이 찾아왔다. 무슨 일인가 했더니
대뜸 발전기를 사라고 했다. 처음에는 1500달러를 부
르다가 종국에는 100달러까지 떨어졌다. 절대로 안 사
겠다고 버티자 고함을 지르기 시작했다. 거리의 주차
요원이 달려와 그를 진정시켰다. 군인은 마지막까지
적의에 찬 목소리를 내뱉고 돌아갔다. 군복을 입고 민
간인을 위협하는 모양새라니. 이런 것마저 과거의 한
국과 닮아 있다. 그때도 그랬다. 아파트가 무너지고 호
텔에 불이 나 애꿎은 사람들이 죽는 이유는 모두가 당

연한 원칙을 지키지 않았기 때문이었다. 오랜 시간을 들여 견고하게 지어야 하는 건물이 엉망진창으로 시공되고 있었다. 지붕이 무너지고 땅이 꺼질 것 같은 불안에 휩싸여 사는 삶은 옳지 않았다. 고복희의 어머니, 강금자는 "개 같은 세상"이라는 말을 입버릇처럼 했다.

개 같은 세상. 그렇다. 총을 들고 위협하는 군인. 부패한 관료. 아무리 열심히 일해도 가난에 허덕이는 사람들. 지금 이 나라의 현실이다. 인간이 살아가는 데 필요한 기본적인 시스템, 생활용수나 전기도 제대로 공급되지 않는다.

턱없이 부족한 전력량은 원더랜드에서 큰 문제로 작용하고 있었다. 이 나라는 전기를 수입해서 쓴다. 그마저도 보급이 어려운 상황이다. 정부에서는 대책으로 계획 정전을 시행했다. 계획이라고 해놓고 정전 시간은 대중없다. 해가 쨍쨍한 정오에 에어컨을 쓸 수 없어 땀을 죽죽 흘려야 하는 것은 물론이고 밤엔 형광등 대신 촛불을 켜야 하는 날이 부지기수다. 일상적으로 귓바퀴를 맴돌던 어떤 소리가 멈추는 순간 투숙객들은 본능적으로 정전이 시작됐음을 안다. "홀리 쉿." 동시에 욕지기를 내뱉고 전기가 들어오기까지 각자의 방식으로 버텨낸다.

정전이 되고 가장 힘든 건 현대 문물의 도움 없이
더위를 이겨내야 한다는 거다. 고복희는 얼음팩을 정
수리에 가져다대고 열을 식히는 중이었다. 마침 핸드
폰이 울렸다. 오늘 열리는 교민 행사의 시작을 알리는
단체 문제였다. 시계를 보니 오후 두시였다. 만복회와
사랑교회의 협업으로 열리는 바자회였다. 교회를 옮긴
다고 했던가. 뭐가 됐든 돈이 필요하니 여는 행사였다.
고복희는 교민 행사를 좋아하지 않는다. 성가시다. 쓸
데없이 모여서 시시덕거리는 일을 당최 왜들 하는지
모르겠다. 교민의 부흥을 위해서라니. 각자 맡은 자리
에서 성실하게 맡은 일을 해내면 된다. 한심하게 몰려
다니는 건 겁쟁이나 하는 짓이다.

원더랜드를 점검하며 101호를 살펴보니 박지우는
침대 위에 널브러져 있었다. 에어컨이 작동되지 않아
더울 텐데 문을 활짝 열어놓은 채 이불을 꽁꽁 싸매고
있었다. 충격이 가시지 않는 모양이었다. 한 달씩이나
이곳에 오는 것도 멍청하다고 생각했는데, 그것보다 더
멍청한 짓을 벌였을 줄이야. 상상 그 이상의 멍청이다.

장영수라면 말했겠지. 세상을 바꾸는 건 이런 멍청

이들이라고. 그런 낯간지러운 소리를 잘도 했다. 다른 멍청이는 모르겠지만 101호의 멍청이는 세상은커녕 이불 밖으로 나올 의지도 없어 보인다.

얼마 지나지 않아 더위 때문에 얼굴에 벌게진 박지우가 객실을 빠져나왔다. 풀장 물로 어푸어푸 세수를 하더니 고복희를 향해 걸어왔다. 그러곤 아직 화가 풀리지 않았다는 걸 어필하는 표정을 지어보였다.

"사랑교회가 어디예요?"

부루퉁한 얼굴로 물어오는 게 뜻밖의 한인 교회라 고복희는 조금 당황했다. 자신의 처지가 불쌍해서 기도라도 하려는 모양인가.

"초대받았어요. 그 아저씨가 저녁 먹으러 놀러 오래요."

김인석이? 어딘가 찜찜한 구석이 있었다. 무슨 꿍꿍인지 모르겠지만 거기까지 가서 좋을 게 하나도 없다. 순 이상한 인간들만 가득하단 말이다. 고복희가 끙, 소리를 냈다. 괜히 무슨 일이라도 생기면 피곤해질 게 분명했다. 박지우가 객실로 들어가 외출을 준비하는 사이 고복희는 한발 먼저 바자회 장소로 향했다.

사랑교회는 삼층으로 된 플랫하우스를 개조해서 만든 건물이다. 건물 외벽은 곧 무너질 것처럼 나달나달했고 내부 역시 다르지 않았다. 평일엔 고요함을 유지하던 교회는 바자회로 인해 일시적인 활기를 띠고 있었다. 산뜻한 색의 현수막이 더운 바람에 나부꼈다. 마당에서 태권도 공연이 한창이었다. 조그맣게 설치된 간이 무대에서 도복을 입은 아이들이 얍, 얍, 솜털 같은 주먹을 허공에 휘둘렀다. 머리를 바짝 당겨 묶어서 눈꼬리가 쭉 째진 아이가 앞으로 나왔다.

"어른들의 후원이 저희의 미래입니다."

얼굴만큼 커다란 마이크를 쥐고 오물오물 말하는 모습에 어른들이 와하하하 웃었다. 발랄하게 흐르던 음악이 꺼졌다. 잠시 들어왔던 전기가 고새 또 끊어졌다. 아이들은 우왕좌왕 무대에서 내려왔다. 청년들이 나서서 마당의 발전기를 돌렸다. 고복희는 건물 안으로 들어갔다. 에어컨이고 선풍기고 하나도 돌아가지 않는데 여자들은 땀을 뻘뻘 흘리며 휴대용 버너 앞에 앉아 있었다. 바닥은 발 디딜 틈 없이 지저분했다. 커다란 쟁반과 들통에는 돼지고기, 닭고기, 당면, 새우, 각종 야채 등이 쌓여 있었다. 아직 뜯지 않은 일회용 접시와 플라스틱 숟가락도 수북했다.

"원더랜드가 어쩐 일이야."

주방을 지휘하던 오미숙이 고복희에게 알은체를 했다. 오미숙은 고복희보다 고작 한 살 많으면서 불편할 정도로 꼬박꼬박 언니 행세를 한다.

"일손 다 찼어. 자기까지는 필요 없어."

고복희가 음식 준비를 도우러 왔다고 생각한 모양이었다. 자신만만한 말에 반해 주변은 그야말로 난장판이었다. 접시라도 좀 뜯어주자 하고 바닥에 쪼그려 부스럭대는데 한 여자가 일회용품을 낚아챘다.

"지금 까면 안 돼요. 저희가 알아서 할게요."

날이 선 목소리로 말하고는 어딘가로 총총 사라졌다.

"아씨. 안 그래도 자리도 좁은데."

누군가 고복희의 어깨를 밀치고 지나갔다. 투덜거림이 고복희를 향한 것인지 좁아터진 교회의 주방을 저격한 것인지는 모른다. 어쨌든 모두 예민해져 있다는 것만큼은 확실했다.

"이거 음식 빨리 나가야 하거든요? 아까 박 사장님이 가져다달랬어요."

"이거 다 탔잖아. 센 불로 볶지 말라고 했는데 왜 말을 안 들어?"

"빨리빨리 해야 하니까 그랬죠."

"미숙 언니, 김치찌개에서 카레 맛이 나는데요?"

"양파 담당 누구야. 제육볶음용 양파를 이렇게 다져 놓는 경우가 어딨어."

"국수에 소금 넣는다는 거 설탕 넣어버렸다."

"내가 미쳐."

지휘가 엉킨 오미숙은 머리칼을 쥐어뜯었다. 눈을 치켜뜨는 바람에 이마에 주름이 깊게 팬 것이 보였다. 앓는 소리를 내던 오미숙은 멀뚱히 서 있는 고복희가 신경 쓰이는지 짜증 섞인 목소리로 외쳤다.

"어후, 왜 여기 목석같이 서 있어. 나가서 음식이라도 팔아줘."

고복희는 쫓겨나다시피 마당으로 나와야 했다.

10

아직 오후 네시건만 벌써 저녁 식사를 시작하는 분위기였다. 어느새 마당은 사람들로 북적북적했다. 고복희는 두리번대며 비어 있는 자리를 찾았다. 모두 시꺼멓게 늙은 남자들이 차지하고 있었다. 중앙의 테이블에 딱 두 자리가 남아 있었는데 하필이면 만복회 무리가 앉아서 떠드는 중이었다.

이들이 무슨 짓을 하던 고복희와 관계없다. 그저 내버려두면 좋겠다. 감정을 다툰다는 건 상당히 피곤한 일이다. 인간이 가지고 있는 에너지는 한정되어 있다. 누군가 영역에 침범해오면 아까운 기력을 쓸 수밖에 없다. 힘이 넘치는 사람은 주변을 성가시게 하는 대신 다른 것에 주의를 돌리는 것이 어떨까. 환경오염이나 난민을 위한 대책 같은 훨씬 생산적인 문제로.

고복희가 등장하자 테이블의 분위기는 순식간에 가라앉았다. 너희가 싫은 만큼 나도 싫다. 그런 생각으로 고복희는 자리에 앉았다. 고복희 덕분에 잠시 조용해졌던 자리는 술잔이 부딪치면서 이내 왁자지껄함을 되찾았다. 젊은 새댁이 불고기와 잡채를 가져다줬다. 어딘가 낯이 익다고 생각했는데 이전에 임신 소식을 알렸던 여자였다. 고복희가 본인의 옆자리에 앉으라고 권하자 새댁은 얼굴이 빨개져선 "됐어요." 하고 후다닥 도망갔다. 태교에 좋지 못한 인간이 테이블에 가득해서 그런 게 분명했다. 그나저나 임신한 사람에게 일을 시키다니. 한심하게 놀고먹는 이놈들은 뭐 하고.

"우리 맥주가 다 떨어졌어."

두꺼비처럼 생긴 남자가 가래 끓는 목소리로 말했다. 혼잣말인 줄 알았는데 테이블에 앉은 사람들이 모두 고복희를 쳐다봤다.

"그래서요?"

고복희가 대꾸했다. 술이 없으면 알아서 찾아 마실 것이지, 어쩌라고 다 떨어졌다는 말을 한단 말인가. 눈치 보던 청년 하나가 냉큼 앙코르 맥주 두 병을 테이블로 가져다줬다.

"말귀도 못 알아먹어서 어떻게 서비스직을 해?"

두꺼비의 말에 사람들은 와하하 웃었다. 물론 고복희는 웃지 않았다. 두꺼비는 스무 살 어린 이 나라의 여자와 결혼했다. 한국 정부에서 500만 원을 지원받았단다. 낯짝도 뻔뻔스럽지. 방구석에 처박혀 평생 반성하며 살아가도 모자랄 마당에 부끄러운 줄 모르고 설쳐대고 있다.

"안녕하세요?"

박지우가 등장했다. 김인석은 박지우의 어깨에 손

을 올리고 한껏 친한 척을 했다.

"내가 초대했어. 누구 때문에 옴짝달싹 못 하고 얼마나 심심하겠어?"

박지우는 어색하게 웃으며 테이블에 앉았다. 옆자리의 고복희를 발견하고 흠칫 놀랐다. 뭐야. 왜 여기에 있어. 그렇지 않아도 애처럼 툴툴댔던 것이 신경 쓰이던 차였다. 혹시 나 때문에 온 건가. 고복희의 냉담한 표정을 보고 곧바로 생각을 바꿨다. 피도 눈물도 없어 보이는 이 사람이? 그럴 리가. 자의식 과잉이다. 박지우는 고개를 저었다.

해가 저물고 서서히 어둠이 내려앉고 있었다. 테이블 위의 맥주병이 쌓여갔다. 혀 꼬부라진 소리를 내는 사람도 한둘씩 나오기 시작했다. 마당에 설치된 조명이 켜지면서 온갖 벌레들이 몰려들었다. 각양각색의 벌레들은 확대시키면 마치 괴수 영화에 나올 법한 비주얼을 갖고 있었다. 박지우는 그것들을 보지 않으려고 최대한 노력하면서 눈을 내리깔았다. 테이블의 사람들은 침을 튀겨가며 이야기를 나눴다. 누군가는 통통한 벌레가 얼굴에 내려앉자 아무렇지도 않게 손바닥으로 때려잡았다. 그 모습을 보며 박지우는 아연실색

했다.

"내가 무슨 부귀영화를 누리겠다고 여기까지 왔나 싶다가도 또 자식들 보면 그게 아니라니까요."

"아무리 후진국이라도 한국보단 낫지."

"암요. 훨씬 낫죠."

"왜 한국보다 나아요?"

열심히 고개를 끄덕이는 남자에게 박지우가 물었다.

"아가씨가 살기는 한국이 낫지. 여기는 아가씨가 살 만한 곳이 아니야."

"그러니까 왜요?"

"아가씨처럼 젊은 사람은 몰라. 여기는 딱 70년대 우리나라 풍경이야. 도심은 그래도 낫지. 외곽으로 갈 수록 더해요. 아가씨 나이가 몇이야?"

"저 94년생인데요."

"딱 아가씨 부모님이 살던 모습이야. 아가씨가 봤을 때 완전 후지지? 뭐 이딴 나라가 있나 싶지? 근데 우 리 어렸을 적엔 다 이러고 살았어. 이렇게 살면서 열 심히 공부해서 대학도 가고 취직도 하고 자식도 기르 고 다 했다고. 여기 봐. 이쪽에 앉아 계신 여 아저씨가 얼마나 대단한 사람인 줄 알아? 전두환 알지? 전두환?

그 새끼랑 싸우다가 오신 분이야. 우리 때는 하루하루가 전쟁이었다니까. 말도 못 해."

"아니……."

"이 나라도 아주 난장판이야. 난장판도 그런 난장판이 없어요. 아가씨 〈킬링 필드〉란 영화 알아? 안젤리나 졸리가 찍은 영화는 봤어? 여기서 자식도 하나 입양해 갔잖아."

"인터넷에서 본 것 같긴 한데."

"거 젊은 아가씨가 할리우드도 알고 영화도 보고 그래야지. 뭐 하고 사는 거야."

"요즘 누가 안젤리나 졸리에 관심을 가져요……."

"어이 거기 그만 귀찮게 해. 내가 초대한 손님이라니까?"

김인석이 끼어들어서 대화가 중단됐다. 그래서 왜 한국보다 낫냐고요. 박지우의 질문을 듣는 사람은 아무도 없었다. 박지우는 뻘쯤한 얼굴로 맥주만 홀짝홀짝 들이켰다. 안주로 잡채를 씹었는데 고무 맛이 나서 바닥에 몰래 뱉었다.

"민 사장님은 귀국했다면서요? 심하게 아프신 거래요?"

"그렇지, 뭐. 나이가 드셨으니까."

두 남자의 대화를 가만히 듣던 김인석이 짜증스러운 눈길을 던졌다.

"민 사장이랑 나랑 동갑이야."

"아아, 회장님은 나이에 비해 워낙 정정하시니까."

"낙오되는 건 시간문제지, 뭐."

"무슨 말씀을 그렇게 하십니까. 한번 회장님은 영원한 회장님 아닙니까."

듣기 좋은 말이었지만 그에게는 아니었다. 뭔가 생각하던 김인석이 자리에서 일어나 유리잔을 탁탁 쳤다. 소란스럽던 마당이 조용해졌다. 그는 사람들을 향해 꾸벅 고개를 숙였다.

"오늘 모두 이렇게 모여주셔서 감사합니다. 모두 먹고살기 힘든 이때 이웃을 생각하며 봉사에 앞장서 주시는 교민 여러분께 감사드립니다."

짝짝짝. 눈과 귀가 시뻘게진 아저씨들이 박수를 보냈다.

"아시다시피 우리나라는 이 나라에서의 입지가 좁습니다. 중국 일본 자본의 무자비한 테러 속에서 한국 또한 영향력 있는 나라가 되려면 교민들이 먼저 으샤 으샤 해야 한단 말입니다. 그 망할 놈들 때문에 땅값이 천정부지로 치솟지 않았습니까. 우리 교민들은 밀리고 밀려 이 외곽 지역까지 왔습니다. 그렇다고 우리가 포기해야 합니까? 아닙니다. 힘을 합쳐 이곳을 살기 좋은 지역. 뉴 코리아타운으로 만들어야 한단 말입니다. 제 말이 틀립니까?"

"옳습니다."

몇 사람들이 테이블을 치며 휘파람을 불었다. 김인석의 목에 더욱 힘이 들어갔다.

"이럴 때일수록 개인의 욕심보다는 집단의 발전이 더 중요하단 말입니다. 우리가 모일 수 있는 번듯한 건물이 생겨야 발전도 이뤄지는 것 아니겠습니까?"

"맞습니다."

"하지만 아직도 상황을 파악하지 못하고 혼자 이기적으로 굴고 있는 사람이 있는 거로 압니다."

사람들의 시선이 김인석의 눈동자를 따라 고복희에게로 모였다.

"어떻게 생각해, 고복희 씨?"

고복희의 앞에 앉은 사람이 벌떡 일어났다. 시종일관 다리를 떨기에 화장실에 가고 싶은가 했더니 뭔가 말하고 싶어서 그랬던 모양이었다.

"말 나온 김에 저도 원더랜드 사장님에 대해서 한마디 하겠습니다. 저번에 말입니다. 저희 처가 식구들이 놀러 와서요. 묵을 호텔을 알아보던 와중에 딱 원더랜드가 떠오르더라고요. 그래서 제가 연락을 했습니다. 불편을 감수할 수 있는 사람들이라 방 두 개만 써도 괜찮다. 여분의 이불이랑 베개만 좀 부탁드린다. 그때 사장님 저한테 뭐라고 하셨습니까? 한 방을 다섯 명이 쓰는 건 원칙적으로 불가능합니다. 냉혹하게 거절하셨죠. 얼마나 서운하던지. 타지에서 사는 것도 서러운데 같은 한국인끼리 좀 돕고 살아야 하지 않겠습니까?"

"제가 봤을 때는 원더랜드 사장님은 호텔 운영자로서 책임감이 좀 부족한 것 같습니다."

그 옆에 앉아 있던 남자가 말했다. 대머리가 유리구슬처럼 반짝였다.

"항상 잡음은 원더랜드 쪽에서만 들리잖아요. 장사가 안되는 것도 사장님의 인품이 부족해서 아닙니까?"

"좀 사근사근하고 친절한 맛이 있어야 가죠. 원더랜드처럼 빳빳하게 굴었다간 망해요. 망해."

"모두 말 잘했네. 아직 끝난 게 아니야. 여기 또 한 명의 피해자가 있어요."

김인석이 박지우를 일으켜 세웠다.

"우리 대한민국을 이끌어갈 청년은 있는 돈 없는 돈 탈탈 털어서 이곳에 왔대. 근데 실수로 표를 잘못 샀다지 뭐야. 환불을 못 해준다고 해서 아주 난감한 상황이야. 원더랜드 때문에 발이 묶여서 오도 가도 못하는 상황이라고."

박지우가 얼떨떨한 얼굴로 자리에서 일어났다. 갑자기 왜 이런 시련이……. 당황스러웠다. 사람들이 모두 주목하고 있었다. 등줄기에 소름이 돋았다. 어렸을 때부터 발표 같은 건 당최 소질이 없었다.

그때, 고복희와 눈이 마주쳤다. 엊그제 싸웠던 사람. 감정이라고는 전혀 없어 보이는 사람. 그날도 지금도 똑같다. 상대가 뭐라고 외쳐도 요지부동이다. 아까까진 투명 인간처럼 취급하던 사람들이 갑자기 공격하기 시작했는데 미동도 없다. 조금도 개의치 않는다. 오히려 귀찮다는 마음이 고스란히 드러나는 얼굴을 하고 있다. 어떻게 저럴 수가 있지.

진짜 이상한 사람이다.

김인석이 박지우를 재촉했다. 괜찮으니까 말해. 뭐

든 말해. 그의 이기죽거리는 웃음을 보자 마음 한구석에서 뜨거운 뭔가가 타오르는 기분이 들었다.

"어, 뭐랄까. 짜증 나요. 짜증 나죠. 저 진짜 돈 한 푼 없는 거지거든요? 친구들에게도 다 자랑해놨는데. 인스타그램 업데이트 예고도 했는데. 여기는 아무것도 없고. 계획은 다 틀어지고. 굉장히 속상하고 비참하고 그래요."

박지우가 침을 꿀꺽 삼켰다. 숨을 깊이 들이마신 다음 입을 열었다.

"근데요. 아, 제가 말을 잘 못해서 좀 그런데. 그 짜증이 사장님을 향하면 안 되는 거잖아요? 사장님은 원칙에 맞춰서 호텔을 운영하고 있을 뿐이잖아요? 짜증 나요. 짜증 나는데. 그건 그냥 제 기분이고. 결론적으로 제 책임이죠. 제대로 찾아보지도 않고 덜컥 결제해버린 제 잘못이잖아요."

말하다 보니 자신감이 붙었다. 미세하게 떨리던 목소리가 커졌다.

"듣자 하니 여기 아저씨들은 사장님한테 불만이 많은 것 같은데. 제가 들었을 때는 서로 별로 잘한 건 없는 것 같거든요?"

애매한 마무리를 짓고 의자에 앉았다가 뭔가 생각났다는 듯 벌떡 일어났다.

"물론 고지식한 건 맞죠. 좀 이상한 것 같기도 해요. 그건 사실입니다."

시끌시끌했던 마당이 조용해졌다. 모두 입을 다물고 아무 말도 하지 않았다. 김인석은 기분이 상했는지 어디론가 사라져버렸다. 그를 필두로 사람들은 하나둘씩 자리를 떴다.

다음 날, 교민지에는 다음과 같은 기사가 실렸다.

사랑이 넘치는 바자회 성황리에 마쳐.

사랑교회에서 주최한 교민 바자회가 무사히 끝났다. 많은 교민들이 참석해주었다. 행사 관계자와 봉사자들은 음식과 정을 나누며 즐거운 하루를 보냈다. 바자회의 모든 수익금은 교회의 건물 이전과 가난한 이웃을 위해 사용된다. 교민 여러분의 참여와 관심에 진심으로 감사하다.

★ **2부** ★

이상한 나라의
이상한 사람들

1

안대용이 린을 만난 건 작년 겨울, 사랑교회에서다.

열대의 겨울이라니. 이상하게 들릴 수 있지만 그건 안대용이 계절을 세는 방식이었다. 매년 그는 자신만의 여름과 겨울을 맞이했다. 차가워지는 바람, 적어지는 일조량, 손끝부터 시작되는 건조함 같은 감각으로. 그 미세한 차이는 본인만 느낄 수 있는 거라고 확신하면서.

안대용이 이 나라에 정착한 것은 이십 년 전, 본인의 의지가 아니라 부모님 손에 이끌려 왔다. 한국과 관련된 기억은 열 살 그 언저리에 멈춰 있다.

안대용은 김인석 밑에서 일한다. 그는 크메르어에

능통하다. 크메르어를 할 때만큼은 말을 더듬지 않는
다. 덕분에 실질적인 업무를 도맡아 한다. 한국에서 사
업을 위해 건너온 사람들을 도와주는 일이다. 외국인
사업자를 위한 명의 대여, 토지 거래를 위한 시민권 취
득, 부동산 계약서, 환전이나 비자같이 까다롭고 귀찮
은 일을 처리한다. 자질구레한 통역이나 호텔 예약, 운
전 기사의 역할도 한다. 한마디로 돈 되는 건 가리지
않고 모조리 하고 있다.

"한국이었으면 가당치도 않은 일이다. 거기 너 같은
놈이 일할 곳이 있을 것 같으냐?"

아버지가 버릇처럼 하는 말이었다. 틀린 말은 아니다.

돌이켜보면 한국에서는 괴롭힘을 당한 기억뿐이다.
안대용은 먹이사슬의 맨 아래에 있는 부류였다. 또래
보다 발달이 느렸던 것뿐인데. 그런 것을 이해해줄 만
큼 학교는 자애로운 공간이 아니었다.

성인이 된 지 오래지만, 여전히 사람들은 안대용을
무시한다. 그는 판단이 느리다. 약삭빠르지 못하다. 같
은 실수를 반복한다. 말을 더듬는 것도 무시당하는 이
유 중 하나다. 일부러 더듬는 건 아니다. 그럴 사람이
어디 있겠는가. 머릿속으로 떠오르는 단어를 소리 내

려고 하면 지나치게 긴장됐다. 입술이 바르르 떨리고 혀가 굳었다. 상대가 한심하게 보는 것이 느껴지면 증상은 더 심해졌다.

그런 그에게 새롭게 생긴 버릇이 있다. 사람을 대하는 것이 힘겹게 느껴질 때, 린을 떠올린다. 린이라면 어떻게 행동했을까 예상해본다. 그리고 그 예측에 맞춰 행동한다. 이런 태도는 안대용의 일상에 큰 도움이 됐다. 까딱하면 "이 쌍놈 새끼야!" 하고 욕을 퍼부었던 김인석도 요즘의 안대용에겐 "어, 그래." 하고 넘어가기 시작했다. 놀라운 변화였다.

린은 많은 것을 일러준다. 옳다고 믿었던 것이 어쩌면 옳지 않은 행동일 수도 있다고. 그저 싫어만 했던 것에서 새로운 뭔가를 발견할 수 있다고.

대표적으로 원더랜드가 그렇다. 안대용에게 원더랜드는 성격 나쁜 사장님이 있는 호텔에 불과했다. 하지만 린을 만나고 원더랜드는 전혀 다른 공간으로 변했다. 대문을 장식하는 아름다운 조각상, 은은한 레몬그라스 향기, 열대나무 위로 뚜렷하게 순환하는 해와 구름, 환하게 웃고 있는 린의 미소……. 그간 보이지 않았던 것들이 보이기 시작했다.

하지만 역시 고복희는 무섭다. 그녀는 체구가 작은 데다 단발머리를 하고 있어서 언뜻 보면 귀여운 느낌이 있다. 겉모습에 속아선 안 된다. 굉장히 단호하고 쌀쌀맞은 사람이다.

"여긴 왜 왔습니까?"

싸늘하게 올려다보는 고복희의 눈빛을 보자 말문이 턱 막혔다. 안대용은 그저 김인석이 시키는 일을 할 뿐이다. "너 원더랜드에 가서 답 좀 받아와라." 그러기에 가서 답을 달라고 했더니 화를 냈다. 투숙객이 아닌 사람이 호텔에 와서 시끄럽게 구는 건 경우에 어긋나는 일이라는 것이었다. 안대용이 잘못한 게 맞았다. 그렇지만 좀 좋게 말해줄 수도 있는 건데.

원더랜드 사장님은 정이 없다. 한국인에게 정은 아주 중요한 개념이다. 그건 사람이 사람과 관계 맺는 방식이다. 타인을 그저 타인으로 대하지 않는 것, 이성보다 감정이 먼저 반응하는 것. 안대용은 그렇게 배웠다. 못 먹고 살아도 정 없이는 살지 마라.

린은 반대다. 정이 차고 넘친다. 직접 만들었다며 초콜릿이나 과일 푸딩 같은 걸 나눠준다. 어쩌다 청년부 모임이라도 빠지면 안부 문자를 남긴다. 우연히 마주치면 "그때 무슨 일 있었어요?" 하고 물어오기도 한다. 그건 안대용이 생전 처음 받아보는 호의였다.

"솔직히 불편해."

누군가 말을 꺼내기가 무섭게 여기저기에 동조의 목소리가 터져 나왔다. 사실 그렇지. 아무래도 불편하긴 불편하지. 청년부실 문을 열고 안대용이 들어오자 모두 입을 다물었다. 안대용은 고개를 꾸벅 숙이고 자리에 앉았다. 테이블 맨 끝자리. 안대용의 지정석이다.

안대용은 알고 있다. 그들이 왜 자신을 불편해하는지. 이 년 전 교회에서 있었던 사건, 거기에는 안대용도 연루되어 있었다. 그렇게까지 일이 커질 줄은 몰랐다. 모두가 최상민을 욕하고 비난하기에 자신이 나서서 때려주면 어떨까 하고 생각했을 뿐이다. 그땐 린을 몰랐다. 만일 알았더라면. 그리고 머릿속으로 린이라면 어떻게 했을까 시뮬레이션을 해봤더라면. 절대 그런 행동을 하지 않았을 것이다.

교회 사람들은 친절하다. 남에게 못되게 구는 걸 죄악이라고 생각한다. 그 때문에 대놓고 안대용을 무시하거나 괴롭히지 않는다. 자신들과 다른 부류, 그저 불편한 인간으로 취급할 뿐이다. 안대용은 그들의 마음을 누구보다 잘 알고 있었다. 표면적이라도 괜찮았다. 그렇게라도 끼워주는 것이 좋았다. 그러니까 사실 안대용은 교회 사람들의 착한 마음씨를 이용하고 있다. 그들의 다정함을 이용해 헛헛한 마음을 채우는 것이다. 이것이 그가 꼬박꼬박 교회에 나가는 이유다.

그래도 선을 지키려 노력했다. 성경 공부가 끝나고 따로 남아 수다를 떨거나 삼삼오오 모여 새로 오픈한 맛집에 가는 날이면 절대로 끼어들지 않았다. 분위기를 망칠 게 분명하니까. 매일같이 안대용은 사무실로 향했다. 단 한 번도 지각이나 결석을 해본 적이 없다. 거기선 할 일이 있다. 그게 설령 아주 쓸데없는 일일지라도.

작년 겨울, 린이 처음 교회에 얼굴을 내밀던 날, 안대용은 자신과 비슷한 부류가 등장했다는 동질감에 사로잡혔다. 이쪽 여자라서 더 힘들겠지. 안타깝게 느껴지기도 했다. 그의 생각을 비웃기라도 하듯 린은 사람들 사이에서 빠르게 적응해나갔다. 오히려 나서서 분위기를 주도하기도 했다.

"뚝꼭에 새로 생긴 카페 가봤어? 브런치 메뉴 괜찮던데."

"페이스북 광고로만 봤어. 린은 가봤어?"

"응. 언제 한번 같이 가."

"다음 주 괜찮아?"

아무렇지 않게 사람들과 대화를 나누고 약속을 잡았다. 그런 린의 모습이 안대용에겐 충격으로 다가왔다.

어떻게 저럴 수 있지. 우리는 저들과 다른 사람이잖아?

안대용은 혼자 남겨지는 것이 두려웠다. 그가 김인석을 떠나지 못하는 이유기도 했다. 김인석이 폭언과 폭행을 일삼아도 괜찮았다. 무섭지 않았다. 안대용이 진짜 무서워하는 말은 따로 있었다. 그 말을 김인석이 내뱉을 때마다 안대용은 어깨를 늘어뜨리고 몸을 떨었다. 만일 내 존재가 필요 없어진다면? 그럼 어디로 가야 하지? 안 돼, 안 돼, 절대로 안 된다.

개도 안 걸린다는 여름 감기에 걸려 몹시 아팠던 날, 혼자 집에서 끙끙 앓았던 날, 린에게서 전화가 왔다. 린의 목소리가 너무나 다정해서 하마터면 울음이 터질

뻔 했다. 혼자 사는 사람일수록 부지런히 챙겨 먹어야 한다는 린의 말에 자신도 모르게 죄송하다고 소리치고 말았다.

"왜 죄송해요?"

"그, 그냥."

"잘못하지 않았는데 사과하지 마세요."

린이 단호하게 말했다.

"저, 저기."

"네?"

"왜, 왜 그래요?"

"뭐가요?"

"어, 어떻게 그렇게 사, 사람들과 잘, 잘 지낼 수 있어요?"

핸드폰을 쥔 손에 식은땀이 맺히는 걸 느낄 수 있었다. 숨을 고르고 저편의 목소리가 들리기만을 기다렸다. 한참 뒤, 놀랍도록 담담한 목소리가 안대용의 귓가에 울려 퍼졌다.

"스스로 그런 사람이라고 믿으면 그렇게 되는 거예요."

안대용은 린의 말을 이해할 수 없었다. 하지만 하나

만큼은 알고 있다. 린을 닮아야 한다. 그것만이 공동체 속에서 사라지지 않을 수 있는 유일한 방법이다.

그런데 얼마 전부터 교회에서 린의 모습이 보이지 않는다. 안대용은 불안해지기 시작했다.

2

박지우는 심심하다. 이곳에서 관광지라곤 박물관과 사원 정도가 전부다. 그마저도 구경하기 어렵다. 지긋지긋한 더위 때문에 몇 걸음 걷다 말고 숙소로 돌아와야 한다. 가장 짜증나는 건 인터넷이다. 공항에서 산 유심은 제구실을 하지 못한 지 오래다. 와이파이는 어찌나 느린지. 웹툰 정주행이라도 하려고 하면 동그랗게 돌아가는 버퍼링 표시만 멀뚱멀뚱 쳐다봐야 한다. 인터넷이 안 된다는 건 홀로 무인도에 떨어진 거나 마찬가지다. 아니다. 무인도가 낫다. 인터넷만 제대로 터진다면야.

낮에는 로비에 있는 게 편했다. 거기에는 한국어를 잘하는 현지 직원이 있다. 쓸데없는 말에도 그럭저럭 잘 대꾸해준다. 소파 옆의 책꽂이에는 읽을거리가 구비되어 있다. 영어와 불어, 독일어로 된 책과 한국 소설, 잡지, 전단 같은 게 무작위로 꽂혀 있다. 그쪽은 햇볕이 정면으로 들어서 누렇게 변색한 책들도 다수였다.

의외로 재밌는 건 교민지다. 기사 몇 조각과 광고가 전부긴 해도 흥미롭다. 페이지를 넘기다 보면 참 많은 한국인이 여기에 사는구나 감탄하게 된다. 한식당은 물론, 하숙집, 옷가게, 세탁소, 노래방, 반찬 가게, 미용실, 짜장면을 파는 중국집도 있다. 얼마 전에는 한국에서 선풍적인 인기를 끌고 있는 핫도그 가게까지 오픈한 모양이었다.

박지우는 그들의 인생이 쉽게 상상되지 않는다. 많고 많은 나라 중 하필이면 이 나라에 왔을까. 이곳은…… 별로다. 서울을 벗어나 본 적 없는 박지우가 봤을 때 경악할 만할 일투성이다. 돈을 요구하는 부랑자. 신호를 지키지 않는 오토바이. 꽃을 강매하는 꼬마. 밤이면 거리를 활보하는 바퀴벌레와 쥐. 가난의 민낯을 마주할 때마다 심장이 쥐어짜이는 고통을 느낀다. 세상에서 자신이 가장 불행하다고 생각했는데 여기에 더 불행한 사람들이 있다. 그래? 이들을 보니 넌 좀 나은 것 같아? 여기서 안 태어나서 다행이니? 이런 생각을 하다 보면 스스로가 역겨운 인간이 된 것 같다.

부정적인 감정만 생기는 건 아니다. 이상한 감상에 휩쓸릴 때가 있다. 절대로 살아볼 일 없는 과거를 경험하는 기분이랄까. 어른들의 기억, 책, 영상 자료와 같은 증거물로 남은 과거의 시공간 속에 발을 디딘 것만 같은 착각. 이렇게 생각하면 지금의 경험이 꽤 중요한 일처럼 느껴지기도 한다.

들쑥날쑥 떠오르는 생각이 정리되기도 전에 해가 저물고 저녁을 먹을 시간이 된다. 밥을 먹고 나면 곧바로 잠자리에 든다.

이런 식으로 며칠을 보냈다.

짧게라도 앙코르와트에 다녀올까 생각했다. 종이를 펴놓고 계산기를 두드려봤지만 도저히 답이 나오지 않았다. 몇 박의 숙박비를 허공에 날릴 배짱도 없다. 무엇보다 환전해온 돈이 터무니없다. 동남아 물가를 얕봐도 너무 얕봤다. 하긴, 여기도 사람 사는 동넨데. 여행이 처음이다 보니 감각이 부족했다. 나 진짜 심각하네. 박지우는 두 팔로 머리를 싸안았다.

환불받는 건 포기했다. 끝까지 우겨볼 예정이었다. 좀 더 뻗대면 받아낼 수 있지 않을까. 그렇게도 생각해 봤다. 하지만 여기 사장님은 호락호락한 사람이 아니다. 얼마 전 바자회에서 봤던 모습은 충격 그 자체였다. 모두가 공격하는데 미동도 없는 표정. 박지우는 깨달음을 얻었다. 나랑 레벨이 다르다. 상대가 안 된다. 절대로 환불 불가다.

이제 뭘 하지.

한국이나 여기나 똑같다. 그걸 깨닫고 나니 슬퍼졌다. 뭣 좀 해보려고 하면 다 실패다. 행동 하나하나 실수투성이다. 바보같이 시간만 흘려보내고 있다. 바닥 언저리를 맴도는 인생이라고 생각했는데 이젠 정말 밑바닥까지 떨어진 것 같았다.

박지우의 맘도 모른 채 고복희는 아침 일찍 밖으로 나간다. 인사도 건네지 않고 쌩하니 지나친다. 걸음도 어찌나 빠른지. 말을 걸 틈도 없다. 정말 생전 처음 보는 캐릭터다. 생긴 것부터 만화 같다. 똑 떨어지는 단발에 눈썹이 진하다. 입가의 주름은 붓펜으로 뚝딱 그려놓은 것 같다. 성격이야 말할 것도 없다. 이제껏 경험한 어른들 중 제일 이상하다.

"사장님은 혼자 살아요?"

직원에게 물어보니 그저 어깨를 으쓱할 뿐이다. 분명 다 알고 있으면서 모르는 척하는 게 분명했다.

"여기까지 왜 왔대요?"

"저는 잘 몰라요."

"보니까 돈을 많이 버는 것 같지도 않은데. 차라리 한식당이나 그런 걸 하시지."

그렇게 말하고 재빨리 입을 다물었다. 식당은 아니다. 조식과 저녁은 못 먹을 수준은 아니지만…… 아니, 가끔은 못 먹을 것 같다. 음식을 조합하는 솜씨가 엉망진창이다.

"모든 사람이 돈 때문에 일하는 건 아니잖아요."

"엥? 그럼 린은 뭐 때문에 일해요?"

"저는 돈 때문에 일하죠."

"뭐야."

"저는 돈 벌어야 하니까."

고복희가 당최 뭐 때문에 일하는지는 잘 모르겠지만, 태도가 신경 쓰인다. 미워하는 건지도 모른다. 원래 어른들은 버릇없는 젊은이를 싫어하니까.

직접 물어보기로 했다. 이 사람이라면 빙빙 돌리지 않고 분명한 이유를 말해줄 것 같았다. 박지우는 호텔을 나서는 고복희의 팔을 붙잡았다.

"왜 저를 피하세요?"

고복희는 아리송한 표정이었다.

3

다른 이유는 없다. 수다가 성가셔서다.

고복희는 고막이 평화로운 아침을 맞이하고 싶을 뿐이다. 잘 잤느냐고 한마디 건네면 신이 나서 어쩌고저쩌고 떠들어댈 것이 눈에 훤하다. 고복희는 호텔 주인이지 베이비시터가 아니다. 아침에 원더랜드를 나서는 이유 역시 단순하다. 시장에 가는 거다. 그녀는 장에 나가 그날그날 필요한 것을 샀다. 뭐든지 한꺼번에 많이 사놓게 되면 쓰는 것보다 버리는 게 더 많다. 낭비는 고복희가 용납할 수 없는 것 중 하나다. 불필요한 쓰레기를 만드는 건 게으름뱅이나 하는 짓이다. 항상 부지런히 움직여야 한다.

선생을 할 때도 그랬다. 고복희는 나태한 학생들을 한심하게 여겼다. 그맘때 애들은 대부분 나태했으므로 고복희가 한심하게 여기지 않는 학생은 거의 없었다. 초년 교사 시절 담임을 맡았을 때는 정신을 일깨우는 의미로 운동장 열 바퀴 돌기를 시키기도 했다. 가학적 체벌이라는 학부모들의 건의로 관둬야 했지만. 왜 벌이라고 느꼈는지 모르겠다. 병든 닭처럼 꾸벅꾸벅 졸기에 학생의 의무를 제대로 수행하지 못할까 봐 도와줬을 뿐이다.

지금 눈앞에 있는 박지우도 마찬가지다. 원더랜드에서 뭘 하면서 시간을 보내든 고복희가 상관할 바 아니지만, 며칠째 마주하다 보니 거슬린다. 이곳이 아무리 재미없다 한들 관광을 하러 왔으면 관광객다운 태도를 취해야 한다. 아무것도 안 하고 틀어박혀 있으니 괴상한 질문이나 하게 되는 거다.

"시장에 가겠습니까?"

고복희의 말에 박지우의 동공이 커졌다. 객실로 후다닥 달려가 목 늘어난 원피스를 벗어던지고 새로 산 티셔츠와 청바지를 꺼내 입었다. 얼굴에 볼터치도 찍어 발랐다. 괜한 말을 꺼냈다고 생각하며 인상을 찌푸리고 서 있는 고복희 앞에 "짜잔." 하고 포즈를 취하며 싱긋 웃었다. 고복희는 티셔츠에 프린팅된 원숭이와 박지우를 번갈아 쳐다봤다. 원숭이라니. 우스꽝스러운 얼굴이 꼭 닮아 있었다.

　이른 아침이 무색하게 시장에는 사람들로 가득했다. 빵빵대는 오토바이, 트럭에서 쏟아져 내리는 농산물, 고래고래 소리를 지르며 뛰어다니는 꼬마들, 호객하는 상인들, 정신이 하나도 없었다. 역한 냄새가 코를 찔렀다. 좌판에 내놓은 생고기 위로 파리가 들끓었다. 생선 대가리는 바닥에 아무렇게나 굴러다녔다. 슬리퍼 밖으로 튀어나온 발가락에 질척질척한 구정물이 묻었다.
　이런 걸 예상한 게 아니었다. 박지우는 당황한 표정을 감출 수 없었다. 무례하다는 걸 알면서도 코를 막고 인상을 찌푸렸다. 망고와 파프리카를 고르던 고복희가 뒤를 돌아 하얗게 질린 박지우를 쳐다봤다. 알만 하다는 얼굴로 박지우를 끌고 먹거리 골목으로 갔다. 정신 없는 건 마찬가지였지만 지저분한 건 덜했다.
　"뭘 좀 먹읍시다."
　고복희의 말에 박지우는 격하게 고개를 끄덕였다.

그들은 길거리에 놓인 기다란 테이블에 자리를 잡았다. 테이블의 높이는 지나치게 낮았다. 한국의 공중목욕탕에서 쓰일 것 같은 의자가 아무렇게나 널려 있었다. 이미 몇몇 사람들이 쪼그리고 앉아 접시에 코를 박고 뭔가를 먹고 있었다. 고복희는 박지우에게 잠시 기다리라고 한 뒤에 양손 가득 뭔가를 사 왔다. 사탕수수 주스와 볶음국수였다. 국수 가닥이 두툼하고 짧아서 꼭 올챙이처럼 생겼다. 기름으로 코팅되어 반들반들한 국수 위로 두툼한 햄과 달걀이 토핑으로 올라가 있었다.

　"맛있어요."

　박지우가 말했다. 차양막이 없어 햇볕을 그대로 받을 수밖에 없는 자리였다. 온몸이 땀으로 끈적끈적하게 젖었다. 그래도 오랜만에 느끼는 이국적 풍경과 음식이었다.

　"이렇게 더우면 빡빡 밀어버리고 싶어요."

　박지우가 머리칼을 잡아당기며 말했다.

　"사장님은 삭발하고 싶은 적 없어요?"

　"없습니다."

　"매사가 단호하시네요."

　박지우가 코를 훌쩍 들이켰다.

"저는 사장님처럼 늙는다는 게 상상이 안 가요."

그리고 화들짝 놀라 손을 내저었다.

"아니. 사장님이 늙었다는 뜻이 아니라. 아, 물론 나이가 드시긴 했지만. 그게 비난의 뜻이 아니고…… 존경의 뜻인 거죠."

"늙었습니다."

"아니요. 사장님 굉장한 동안이신데."

잠시 정적이 흘렀다. 박지우는 어색함이 싫다. 이런 성격은 아무래도 엄마를 닮은 것 같다. 대화를 나누다 정적이 찾아오면 그녀는 꼭 자신의 딸을 깎아내리며 이야깃거리를 만들어냈다. 방인지 돼지우린지 지저분함이 상상을 초월한다든지. 저래 말라 보여도 숨겨진 살이 엄청나다든지. 깔깔 웃으면 두통이 밀려왔다. 엄마가 싫고 그런 엄마를 닮았다는 건 더 싫다. 정적을 깨고 싶은데 주변에 깎아내릴 것이라곤 세상에서 제일 싫은 자기 자신밖에 없었다.

"제가 백수라 그래요. 시간이 묶여 있는 기분이거든요."

"일을 안 합니까?"

"해야죠. 해야 하는데."

박지우는 슬그머니 젓가락을 내려놓았다.

"한국은 망했어요."

딱히 틀린 말도 아니라고 고복희는 생각했다. 별다른 대꾸를 하지 않자 박지우는 다시 고복희의 눈치를 봤다.

"물론 어른들이 봤을 땐 제가 웃기겠죠. 나라 탓만 한다. 그런 생각이시겠죠? 그치만 저도 노력하거든요? 제 나름대로 하고 있다고요. 근데 다들 저만큼은 한단 말이에요. 모두가 빡세게 살아서 제가 빡세게 사는 건 티도 안 나요. 안 빡세게 사는 애들은 잘사는 집 애들이에요. 빡세게 살 필요가 없는 거죠."

에이, 머리를 벅벅 긁는 박지우의 이마에는 땀방울이 송골송골 맺혀 있었다.

"뭔가 이루고 싶으면 죽도록 하라고 하는데. 제가 봤을 때 죽도록 하는 사람들은 진짜 죽어요. 살기 위해 죽도록 하라니. 대체 그게 무슨 말이에요."

시장 사람들은 왁자지껄 떠들고 있었다. 하지만 무슨 대화를 나누는지 전혀 알아들을 수 없었다. 그들의 대화도 그럴 것이었다. 아무리 바보 같은 말을 해도 누군가 훔쳐 듣고 비웃을 수 없었다. 이방의 언어를 가졌다는 게 처음으로 편안하게 느껴지는 순간이었다.

"불행해지는 노동을 하면서 살고 싶진 않아요. 멋지게 살고 싶다고요."

고복희는 박지우의 고민을 상담하거나 들어줄 생각이 없다. 애초에 그녀는 좋은 상담자가 못 된다. 선생일 때도 그랬다. 무슨 말인가를 듣고 싶어 하는 학생에게 원하는 답을 내어준 적이 한 번도 없다. 인생이 어려운 사람의 마음은 복잡해서 단순한 고복희가 헤아리기엔 무리가 있다.

"억울해요. 누구는 가게도 차리고, 번듯한 직장에 취직하고, 유학 가고, 해외여행도 다니고, 이래저래 재밌게 사는데. 나는 걔들이 업데이트하는 사진을 들여다보면서 무의미한 시간이나 보내고 있잖아요."

"안 보면 됩니다."

"근데 눈뜰 때부터 감을 때까지 멍청하게 남의 인생을 쳐다보는 것밖에는 할 일이 없어요. 제 삶에 집중하라고요? 제 삶은 진짜 재미없거든요. 들여다보면 볼수록 한심하게만 느껴질 뿐인데."

"하고 싶은 대로 하세요."

"하지만요, 제가 뭘 하고 싶은지도 모르겠어요. 평생

놀고 싶다거나 그런 맘은 아녜요. 당연히 일하고 싶죠. 엄마는 제가 게으르고 책임감 없다고 하는데. 그런 개념이 아니라니까요? 진짜 하고 싶은 일, 끌리는 일을 하고 싶단 거죠."

"그렇군요."

"누구보다 제가 제일 답답해요. 아니, 그렇잖아요? 제 인생이라구요. 주변에서 자꾸 보채니까 괜히 더 조바심만 나고. 쓸모없는 인간이 된 것 같고. 뭔가 빨리 이뤄야 할 것 같은데. 그럴 능력은 없고. 저 원래 되게 긍정적인 애거든요? 근데 긍정적인 사람일수록 더 공격받아요. 뭐가 좋아서 히죽대는 거냐. 그 나이 먹고 돈도 못 버는 주제에."

박지우는 고개를 절레절레 흔들었다.

"저는요, 별로 부자가 되고 싶지 않아요. 돈보다 중요한 가치가 있단 것도 알아요. 당연히 알죠. 돈만 좇는 돼지가 되고 싶은 사람이 어디 있겠어요. 근데 돈이 없으면 아무것도 할 수가 없어요. 어떤 것도 바꿀 수 없다구요. 그게 절 답답하게 해요."

누군가 다가와 접시를 치워도 되겠냐고 물었다. 중학생 정도로 보이는 얼굴이었다. 고복희는 품 안에서 지갑을 꺼내 약간의 팁을 건넸다. 그들은 자리에서 일어나 시장을 한 바퀴 더 돈 다음에 툭툭 택시에 올라탔다. 도로는 꽉 막혀 있었다. 뿌연 매연을 맞으며 박지우가 캑캑 기침을 했다.

"여기도 미세먼지가."

"이건 매연입니다."

고복희는 재빨리 마스크를 썼다. 뭐야, 나도 정보 좀 주지⋯⋯. 박지우는 손등으로 코를 막으며 투덜댔다.

"여기까지 왔으니 모쪼록 잘 지내다 가세요."

자동차 경적 소리가 난무하는 도로 위에서 고복희의 목소리가 다정하게 느껴져서 박지우는 흠칫 놀랐다. 마스크로 반쯤 가려진 얼굴을 흘긋흘긋 쳐다보다 갑자기 생각났다는 듯 물었다.

"직원 언니는 어쩜 그렇게 한국어를 잘해요? 살다 왔나?"

고복희가 린의 나이를 일러주자 충격적인 사실을 마주했다는 듯 양손으로 입을 틀어막았다.

"나랑 동갑이었어요?"

4

린이 출근해서 가장 먼저 하는 건 스트레칭이다. 정수리부터 발끝까지 풀어주는 역동적인 움직임은 사장님이 전수한 것이다. 이 괴상한 몸짓을 자발적으로 하는 날이 올 거라고 생각지도 못했다. 머리, 어깨, 양팔, 다리를 차례로 움직이다가 종국에는 엉덩이를 뒤로 빼고 두두둑 목을 돌리는 사장님을 보면서 '……뭐지?' 하고 당황했더랬다. 한국인의 전통적인 몸짓인가. 웃으면 무례한 행동인가. 린은 엉거주춤한 얼굴로 고복희를 바라봤다.

"오 분 스트레칭입니다."

그렇게 말했다. 본인이 만든 것이라고. 한국에서 일할 때부터 지금까지 단 한 번도 빼먹어 본 적이 없다고 했다. 그때 알았다. 나는 조금 이상한 보스가 있는 곳에 발을 들였구나.

원더랜드의 사장님은 스스로 철저한 기준을 가지고 있다. 항상 똑같은 시간에 호텔의 대문을 열고 닫는다. 일분일초도 어긋남이 없다. 정확한 시간에 시장에 나가서 장을 보고 프런트에 앉기 전에 스트레칭을 한다. 사사로운 물건을 두는 자리도 완벽하게 정해져 있기 때문에 잘 기억해두어야 한다. 그렇게 숨 막히는 사람 밑에서 어떻게 일해? 누군가는 그렇게 묻는다. 글쎄. 린은 불편하지 않다. 그 엄격함이 편안하게 느껴지는 경우가 더 많다.

린이 왕립대학에서 한국어를 전공하게 된 것은 부모님 때문이다. 그들은 자신의 딸이 조국에서 가난하게 살지 않기를 바랐다. 린은 제2외국어로 영어와 한국어를 교육받았다. 린의 아버지는 건설 시공사를 운영했다. 당시 캄보디아에서는 신도시 프로젝트가 진행 중이었다. 한국 은행에서 투자를 했었다. 그 계기로 만난 한국인 직원에게 괜찮은 선생을 알아봐달라고 부탁해 딸아이 과외를 맡겼다. 린은 천성적으로 언어를 습득하는 데 소질이 있었다. 한국어는 특히 재미있었다. 누구나 구사할 수 있는 영어에 비해 특별하다는 느낌을 줬다. 영어권 나라에서 일하는 것보다 아시아 문화권에 있는 한국에서 일하는 편이 더 합리적이라는 생각도 있었다.

본격적으로 마주한 한국은 허들이 높은 나라였다.

단일한 민족으로 구성된 나라여서 그런지 타민족을 지나치게 경계하는 경향이 있었다. 땅덩어리가 좁아서라고, 한 선배가 말했다.

"그 작은 땅이 둘로 나뉘었잖아. 얼마나 좁을지 상상이 가?"

면적에 비해 인구가 넘친다. 그마저 모두 제대로 교육받은 사람들이다. 한정된 재화를 얻기 위해 그들끼리 경쟁해야 한다. 그러므로 서로가 잠재적인 적이다. 타인은 단지 '내 것'을 빼앗는 사람에 불과하다. 그의 분석이 옳은 건지 알 수 없었지만 꽤 그럴듯한 소리로 들리기는 했다. 한국에서 일하다 온 선배들의 불만은 제각각이지만 결국 하나의 의견으로 수렴됐다.

"그래도 가야지. 돈 벌어야 하니까. 괜찮게 돈은 주니까."

고용허가제가 실시된 이후로 한국은 외국인에 대한 취업문을 활짝 열어놓은 것처럼 보였다. 그러나 기업은 값싼 임금으로 위험한 노동을 할 수 있는 인간을 원할 뿐이었다. 부당한 대우에도 한국 정부는 제대로 해결할 생각조차 없었다. 특히 여성 노동자에 대한 처우는 최악이었다. 동남아 여성들의 인권이 어떤 방식으로 짓밟히고 있는가는 익히 들어 알고 있었다.

린은 서비스업과 사회복지에 관심이 있다. 캄보디아의 대학 시스템은 충분한 여건을 갖추고 있지 못했다. 장학재단과 교환학생 프로그램에서 번번이 제외되기만을 반복, 결국 스스로 유학 자금을 모으기로 마음먹었다. 좋은 상황은 아니었다. 린의 아버지가 운영하던 회사는 위기를 넘기지 못하고 도산했다. 가족들은 뿔뿔이 흩어졌다. 상황 때문에 의기소침해지고 싶지 않았다. 극복해야 한다. 극복할 수 있다. 린은 끊임없이 되뇌었다.

졸업과 동시에 외국인들이 사용하는 고급 아파트먼트에서 일했다. 능력에 비해 월급은 터무니없이 낮았다. 일 잘한다는 소리를 들으면서 일 못하는 지원들의 일을 다 떠맡았지만, 월급은 그대로였다. 아니꼬워도 일해야만 했다. 돈이 필요하니까.

당시 린이 담당했던 아파트먼트 19C 투숙객은 한국인 가족이었다. 주재원 자격으로 머무른다면서 크메르어는커녕 영어도 제대로 구사하지 못했다. 린이 한국어를 잘한다는 것을 알고 이따금 도움을 요청하곤 했다. 한국으로 떠나기 직전 그들은 조그만 선물과 함께 하나의 제안을 던졌다.

"곧 오픈할 호텔이 있는데, 현지 매니저가 필요한가 봐요. 마침 린이 생각나서."

그들은 린의 월급에 관해 물어왔고 그쪽에서는 훨씬 좋은 조건을 제시했노라고 설명했다. 어차피 대단한 직업윤리 같은 건 없었다. 돈이 필요해서 하는 일이니까. 월급이 높다니 두말없이 직장을 옮기기로 마음먹었다.

원더랜드는 좋은 곳이다. 장담할 수 있다. 왜 손님이 없는지 의아할 정도다. 린은 원더랜드에 대한 자부심으로 가득 차 있다. 단순히 돈을 벌기 위해 일했던 저번 직장과는 전혀 다른 느낌이다. 반죽을 주물거리며 조금씩 형체를 만들어가는 느낌. 그것을 사람들이 좋아해줬을 때 느끼는 뿌듯함. 조금 이상하지만 배울 점 많은 사장님까지.

고복희가 일러준 것은 스트레칭뿐만이 아니다. 그녀 덕분에 그간 배웠던 한국어에 대한 개념이 와장창 부서졌다. 한국어를 배울 때 가장 어려웠던 것은 조사, 그다음이 호칭이었다. 관계와 상황에 따라 휙휙 바뀌는 호칭은 아무리 외워도 이것만은 예외라는 경우가 생겨났다. 단순히 나이가 많은 사람과 상사에게 사용하는 서로 다른 존댓말이나 '밥 먹었니?'와 '식사하셨어요?' 그리고 '진지 잡수셨어요?'의 차이를 떠올리면 머리가 터질 지경이었다.

고복희는 린에게 꼬박꼬박 존댓말을 썼다. 극존칭을 쓰는 경우도 있었는데 그럴 때면 어떻게 대답을 해야 좋을지 몰라 당황했다. 호칭과 존대를 모르면 한국어는 말짱 도루묵이라는 배움이 무색해지는 순간이었다. '내가 뭘 잘못했나?' 처음엔 그렇게 생각하고 두려움에 떨었다. 하지만 이제 안다. 어떤 목적이 있어서 행동하는 사람이 아니라는 걸. 그녀는 그냥 그런 사람이다.

지금까지 좋은 일만 있던 것은 아니다. 그래도 충분히 감수할 수 있던 나쁜 일들이었다. 어려움을 극복하게 되면 더 나은 사람이 되는 기분이 든다. 그러니 나쁜 일마저 결국엔 좋은 일이다. 사람 대하는 법도 배웠다. 좋았어요. 덕분에 여행이 더 행복해졌어요. 그런 말을 들으면 가슴이 두근거렸다. 그렇게 말해주셔서 제가 더 감사해요. 린은 그렇게 생각했다. 원더랜드

에 숙박하는 손님들 모두 다정한 마음을 품고 떠났으
면 좋겠다고.

열심히 살아왔다고 자부한다. 치열하게 공부했고 성
실하게 일했다. 누군가에게 힘이 될 때 가장 뿌듯한 마
음이 들었다. 그건 세상에 필요한 사람이라는 뜻이니
까. 머지않은 미래는 찬란하게 빛나리라는 걸 믿어 의
심치 않았다.

하지만 세계는 절대로 공평하지 않다. 더 잔인한 것
은 마치 공정한 것처럼 가면을 쓰고 있다는 것이다. 그
당연한 사실을 최근에야 깨달았다.

5

박지우의 머릿속에는 실패라는 두 글자가 떠나지 않
았다. 제발 좀 그만 보고 싶지만 명절마다 봐야 하는
지긋지긋한 사촌 같다. 박지우는 단 한 번도 네잎클로
버를 찾아본 적 없다. 잔디밭을 샅샅이 뒤져 껌 종이만
찾아내던 초등생 시절을 필두로 실패의 경험은 끝없이
이어진다. 앙코르와트를 보기 위해 캄보디아에 왔지만

볼 수 없었다는 에피소드까지 생긴 요즘이다. 그런 이야기를 글로 적고 있다. 그럼 복잡한 머릿속이 한결 편해지는 걸 느낄 수 있었다.

고복희는 박지우의 태도가 흡족했다. 로비에 앉아 골몰하는 모습이 성가시지 않고 조용해서 마음에 들었다. 메모장의 모서리의 모서리까지 빽빽하게 글씨를 채우는 모습을 빤히 바라보던 고복희가 책꽂이를 뒤져 노트를 찾아냈다. 표지가 닳은 파란색 노트였다.

"이거 저 주시는 거예요?"

고복희는 고개를 끄덕이고 프런트 데스크로 향했다. 노트는 줄 칸이 넓고 속지가 누렇게 변색돼 있었다. 박지우가 모르는 시절의 냄새가 났다. 뭐야, 뭐야, 갑자기. 입에서 웃음이 비실 새어나왔다. 함께 시장에 다녀온 이후로 고복희에 대한 감정은 말랑말랑해졌다. 의외였다. 먼저 시장에 가자고 한 것도. 비웃지 않고 고민을 들어준 것도. 쓸데없는 조언이나 잔소리를 하지 않는 것도. 차갑고 무뚝뚝한 사람이라고 생각했는데…….

고복희가 다시 다가와 종이를 내밀었다.

"이게 뭐예요?"

"영수증입니다."

박지우는 손에 들린 간이 영수증과 고복희의 얼굴을 번갈아 쳐다봤다.

"국수랑 주스 값입니다."

저번에 시장에서 먹은 음식이었다. 대충 따져보니 한국 돈으로 삼천 원 정도였다. 당연히 사주는 거 아니었나?

"노트는 선물입니다."

응? 모르겠다. 박지우는 고복희에 대해 생각하기를 관뒀다. 좋은 사람인지 나쁜 사람인지 판단하는 것 자체가 불가능한 사람이라는 것만은 확실히 알았다.

린이 보였다. 여기 사장님만큼이나 이상한 직원이다. 고복희가 만화 주인공 같은 느낌이라면, 린은 드라마 주인공 같다. 능력치 만렙을 찍은 초절정 미녀 여사원. 영어도 잘하고. 한국어도 잘하고. 당연히 모국어도 잘하고. 손끝이 야무지다. 눈치도 빠르다. 뭔가 필요하다 싶으면 귀신같이 알아채고 물건을 가져다준다. 우리 엄마가 엄청 좋아하겠군. 엄마가 린을 본다면 어떤 방식으로 잔소리할지 머릿속에 그려졌다. 마치 엄마가 눈앞에 있는 듯한 정신적 데미지였다. 동갑이라니. 어떤 밀도의 시간을 보냈기에 어쩜 저렇게 능력이 꽉꽉 차 있지.

"우리 동갑이래요. 사장님한테 들었어요."

박지우는 노트를 한쪽으로 밀어놓고 본격적으로 말을 붙였다.

"린은 애인 없어요?"

"없어요."

"그래? 왜 없지?"

그렇게 말하는 박지우 역시 솔로다. 주변에는 순 시시한 남자애들뿐이다. 새로운 느낌이 없다. 데이트 코스도 똑같다. 마블 시리즈가 개봉하면 득달같이 영화관에 달려가고 대형 쇼핑몰이나 새롭게 부상하는 동네를 하릴없이 걷는다. 페이스북에 '인생 맛집'이라고 올라온 식당에서 점심을 먹는다. 아메리카노와 당근케이크를 후식 삼아 수다를 떤다. 아무래도 남자들 이야기는 영 흥미가 안 생긴다. 아는 형에 얽힌, 그래서 어쩌라고 싶은 사연이나 군대 에피소드를 늘어놓는데 하나같이 재미도 감동도 없다. 말 많은 남자에게 매력을 못 느끼나 해서 과묵한 남자를 만났더니 벽에 대고 소리치는 기분이었다. 좀 괜찮은 애들은 여우처럼 약았다.

자기가 잘난 것을 너무 잘 알아 재수 없다.

"린 예쁜데. 내가 남자 소개해주고 싶다."

박지우는 남자 사람 친구도 없다. 그나마 연락하고 지내는 대학 동기 한두 명 있긴 한데 친하진 않다. 페이스북이나 인스타그램에 서로 '좋아요'를 눌러주거나 카카오톡 게임 초대를 주고받는 정도. 혹시 린이 "말만 하지 말고 진짜로 소개해줘요." 하고 나온다면 큰일이다. 주변에 그럴 만한 남자가 없으니까.

"어떤 스타일 좋아해요?"

대화를 이어가기 위해 괜한 소리만 지껄이는 박지우였다. 린은 아무런 대답도 하지 않고 자리를 떴다. 어쩐지 민망해져 쩝, 입맛을 다시고 다시 노트에 얼굴을 묻었다.

린의 미묘한 태도는 저녁을 먹을 때도 지속됐다. 저녁 메뉴는 고복희가 야심차게 만든 비빔밥이었다. 간장과 설탕을 너무 많이 넣어 짜고 달았다. 아니, 애초에 비빔밥에 간장과 설탕이 들어가나? 맨밥에 고추장만 넣고 비벼도 맛있다는 게 학계의 정설인데. 그렇다고 굶을 수도 없어 달고 짠 밥을 꾸역꾸역 씹어 삼켰다. 마침 지나가는 린에게 물 좀 가져다달라고 부탁했더니 순간적으로 얼굴에 짜증이 스쳐가는 게 보였다. 탁 소리가 나게 컵을 내려놓는 것도 분명 느꼈다. 박지우는 깨끗하게 비워진 그릇을 흐뭇하게 치우는 고복희의 팔을 붙잡았다.

"린한테 무슨 일 있어요?"

"예?"

"기분이 안 좋아 보이는데."

"모릅니다."

"아니, 사장님은 하나뿐인 직원한테 왜 그렇게 무심해요. 관심 좀 가져봐요."

고복희는 박지우의 천진한 얼굴을 빤히 바라봤다.

그들은 친구가 아니다. 박지우는 원더랜드에 돈을 지불한 손님이다. 린은 이곳에서 월급을 받는 직원이다. 박지우는 서비스를 요구하는 사람이다. 린은 서비스를 제공하는 사람이다. 그러니까 둘은 같은 선에 놓여 있지 않다.

"서비스가 불만족스럽다는 말입니까?"

직원의 행동에 책임을 져야 하는 건 사장의 역할이다. 원더랜드에서 만일 린이 실수를 했다면 그건 전적으로 고복희가 잘못한 것이나 마찬가지다.

그런 게 아니라고 몇 번이나 말했지만 고복희는 진지한 얼굴로 린을 불러냈다. 박지우는 정말 죽을 맛이었다. 아니, 그냥 좀 친하게 지내보려고 했던 건데. 왜 이런 상황이. 박지우는 예민한 진상 손님, 린은 불량 직원, 이런 찜찜한 방식으로 결론 나는 줄 알았건만, 린이 한 발짝 앞으로 다가가 박지우를 향해 말했다.

"저도 기분이 상했어요."

"네?"

"예쁘다, 남자를 소개시켜주고 싶다, 그런 말들이요."

"아?"

그러고 보니 그때였다. 린의 얼굴이 미묘하게 굳은 건. 자신의 감정을 하위의 것으로 치부하지 않겠다는 태도였다. 너도 사과해라. 그런 마음이 눈동자에서 느껴졌다. 누군가는 그 모습에 기분이 상할지도 모르지만 박지우는 아니었다. 오히려 감탄했다.

멋있다.

그날 이후, 박지우는 린의 꽁무니를 쫓아다녔다. 좋아, 나는 네가 좋아, 그런 마음을 전혀 숨길 생각이 없

는 듯 보였다. 이 사건을 계기로 둘의 관계는 끈적끈
적하게 변했다. 물론 한쪽의 일반적인 구애였지만. 모
종의 어색함이 떠돌던 원더랜드의 공기가 한결 편안해
졌다. 그 관계성을 눈치채지 못한 건 원더랜드의 사장,
고복희뿐이었다.

고복희는 박지우 앞에 조식을 내려놓으며 뭔가 생각
났다는 듯 말했다.

"요즘은 괜찮습니까?"

"뭐가요?"

"우리 직원이 모자란 부분이 있으면 또 언제든 말씀
해주십시오."

"아, 뭐야."

박지우가 빽 소리를 질렀다.

"제가 알아서 할게요."

박지우의 말에 고복희는 어깨를 으쓱하고 자신의 자
리로 돌아갔다.

6

사랑교회 담임목사 이영식은 교민들의 신뢰와 존경을 받고 있다. 생판 남의 나라, 그야말로 낯선 도시에서 살아가는 재외 동포를 끌어안는 교회로 거듭나기까지는 숱한 어려움이 있었다.

처음 캄보디아에 온 것은 선교 활동을 위해서다. 이제 한국은 '받는 나라에서 주는 나라'로 가야 한다는 움직임이 생겨날 즈음이었다. 1950년대 한국은 세계 최빈국 가운데 하나였다. 다양한 기관에서 다양한 방식으로 도움의 손길을 내밀었다. 그중 하나가 종교단체다. 선교사들의 지원은 가히 성공적이었다. 교육, 의료, 어디 하나 그들의 손길을 거치지 않은 곳이 없었다. 비약적인 경제 성장과 함께 선진국의 반열에 올랐다고 판단한 한국 교회는 도움이 필요한 나라들에 선교사를 파견하기 시작했다. 세상에는 여전히 가난한 나라가 차고 넘쳤다. 그중 하나가 캄보디아다.

과거의 한국이 그랬듯 지금 이 나라 역시 크나큰 상처가 있다. 캄보디아에서는 대량 학살이 자행되었다. 불과 몇십 년 전 일이다. 미국의 폭격, 다시 시작된 베트남과의 전쟁, 내전과 혼란스러운 시대 상황 속에서 정권을 잡은 크메르 루주는 혁명이라는 이름의 인구 말살 정책을 시행한다. 무고한 시민, 협조적이지 않은 농민, 지식인, 간부들까지도 무차별적으로 살해당했다. 이 비극은 세대 간의 단절을 불러왔다. 한 세대가 통째로 날아갔다. 경제와 문화가 완전히 초토화됐다.

어느 나라는 값비싼 오가닉 제품에 열광하고 어느 나라는 위생 문제로 사람이 죽어간다. 이 간극은 절대로 해결될 수 없는 문제처럼 보였다. 이 틈을 메우는 것이 이영식의 역할이었다.

그는 사업가적 기질이 다분하다. 목회에 뜻이 없었다면 지금쯤 사장님 소리를 듣고 있을지도 모른다. 그는 한국에서 원조를 기대해선 안 된다는 사실을 진즉에 간파했다. 선교 자금은 늘 부족했다. 도움을 요청하면 '한국도 힘들다'는 말만 번번이 돌아왔다. 도와주라고 파견해놓고는 돈이 없다니? 그럼 어떻게 도움을 주란 말인가?

조력은 정확하고 확실해야만 한다. 두루뭉술한 건 어떤 역할도 하지 못한다. 아프다는 사람을 붙잡고 "기도하겠습니다"라고 해서 그가 낫는 건 아니다. 그에게 필요한 것은 제대로 갖춰진 의료 시스템이다. 아이들에게는 교육이 이뤄져야 한다. 청년들은 일자리가 필요하다. 그러기 위해서는 당연히 돈. 돈이 필요하다.

이곳의 월급은 터무니없을 정도다. 공장 근로자가 받는 급여는 고작 150달러 내외. 카페테리아에서 일하는 종업원은 250달러, 경찰 간부는 400달러를 받는다. 외국계 회사의 사정은 조금 나은 모양인데 그마저도 600달러 안짝을 맴돈다. 수도 프놈펜은 본격적인 외국 자본의 개입으로 물가가 천정부지로 치솟는 중이다.

프놈펜에 머무르는 외국인들은 이 개발도상국을 어떻게 하면 입맛에 맞게 요리할 수 있을까 군침을 흘리고 있는 자들이었다. 이영식의 초점은 시내가 아니었다. 상대적으로 싸게 쓸 수 있는 외곽 지역의 땅을 공략했다. 처음에는 텃밭이나 마찬가지인 조그만 땅에서부터 시작했다. 마늘, 고추, 배추, 상추같이 한국인에게 꼭 필요한 작물을 재배해서 합리적인 가격에 팔았다. 한식당이나 한인마트에 납품하는 것이 시작이었다. 닭이나 돼지 같은 가축으로까지 늘려나갔다. 그는 고급화 전략을 시도했다. 항생제와 호르몬제를 맞지 않고 청결한 환경에서 키워지는 축산물을 홍보했다. 선명한 화질에 약간의 포토숍을 거치자 전기도 들어오지 않는 가난한 나라의 외곽은 유럽의 한적한 농장처럼 보였다. 포장에도 신경을 썼다. 한국 유명 브랜드 로고를 벤치마킹했다. 시간이 지날수록 한식당뿐 아니라 다른 식당에서도 물건을 찾기에 이르렀다. 이영식은 현지인을 우선으로 고용했다. 그들에게 위생적인 축사와 도축 방식, 양질의 서비스를 제공하는 법, 한국어와 성경 활용법을 가르쳤다. 이렇게 이루는 데까지 오 년이 걸렸다.

"이제 정말 좋은 일만 남았어요."

예배당의 십자가를 닦으며 아내는 눈물을 흘렸다. 과연 그럴까. 이게 끝일까. 이영식은 아직도 멀었다고 생각했다.

지금 쓰고 있는 플랫하우스는 낡았다. 위치도 좋지 않다. 후미진 곳에 있기 때문에 주차난에 시달리고 있다. 그런데도 매주 찾아오는 교민들이 있기에 힘이 났다. 이영식의 행보를 지지하는 사람들이었다. 여기서 끝나는 건 이영식이 원하는 바가 아니었다. 교육, 의료, 문화까지. 앞으로 헤쳐가야 할 일이 넘쳤다.

건물을 옮겨야겠다는 생각이 들기 시작한 건, 이 년 전이었다. 여러 가지 이유가 있지만 교회에서 벌어진 불미스러운 사건이 기폭제가 됐다. 신도 중 한 명이 자살했다. 3층 화장실이었다. 시체를 발견한 사람이 하필이면 고등학생이었다. 부모는 노발대발했다. 대체 교회 관리를 어떻게 하기에 사람이 죽습니까. 우리 애한테 남을 트라우마는 어떻게 하란 말입니까. 한바탕 난리가 났다. 그 사건이 있고 나서 다음 예배에 참석하는 성도는 반으로 줄었다. 그날 이후 이영식은 쉽게 잠을 이루지 못했다.

이렇게 허무하게 끝날 수는 없다.

뜻이 있는 자에게 길이 있나니. 간절한 기도가 통했던 걸까. 이영식에게 도움을 주겠다는 사람이 나타났다. 그는 교민 사회의 부흥을 원했다. 이영식의 목적은 단지 교민 사회의 발전에만 있는 것은 아니었다. 그보다 더 위대하고 거창한 목표였다. 하지만 우선 성도들의 마음을 잡는 것이 먼저였다. 그러기 위해서는 그들이 원하는 것을 주어야 했다. 교회와 교육을 함께 할 수 있는 쾌적한 건물. 그것이 결국 이영식이 원하는 것이었다. 그 꿈을 이룰 날이 성큼 앞으로 다가왔다.

가슴 아프다. 그 마음이 떠날 새가 없었다. 그는 매일 밤 십자가 앞에 무릎 꿇고 기도했다. 왜, 어째서 이들에게 아픔을 주시나이까. 무슨 뜻이 있기에 약한 이들을 아프게 하고 악인을 옹호하십니까. 기도에 대한 응답은 간단했다. 그렇기 때문에 내가 너를 보내지 않았더냐.

이들을 위해 사는 것. 이게 이영식의 존재 이유였다. 린처럼 미래가 기대되는 젊은이를 볼 때면 더욱 그런 마음이 들었다. 도와주고 싶었다. 정말 도움이 되는 방식으로.

"다니면서 뭐 불편한 건 없고?"

"아니에요. 도움도 많이 주시고. 감사합니다."

"일하는 건?"

"좋아요. 재밌어요."

"다행이네."

재미있을 리가. 이영식은 린의 천진한 눈을 바라보았다. 또렷하고 빛이 난다. 영특하다. 한국에서 태어났으면 뭐라도 했을 아이다. 그래서 더 안타까웠다.

"한국에서 공부하고 싶다고 했지?"

"네. 근데 지금은 돈 모으기가 어려워서."

"그렇다고 묶여 있으면 쓰나. 지금 일하는 호텔도 조만간 사라질 텐데."

그렇게 말하고 마음이 좋지 않았다. 장학금이라도 지원해주고 싶지만 이쪽 상황도 여의치가 않다. 어찌어찌 린의 첫 학기 정도야 책임질 수 있다. 하지만 그 이후는? 끝까지 책임질 수 없다면 시작하지 않는 게 낫다. 그런 일은 안 하느니만 못하다.

"한국에 갈 수 있는 방법이 없는 건 아니야."

돈보다 중요한 가치가 있다는 건 배부른 사람들의 소리다. 여기는 당장 굶어 죽는 사람들이 넘쳐난다. 이런 불공평한 세계에서 어떻게 하면 이 여인이 꿈을 이루게 할 수 있을까. 지속적이고 실질적인 도움. 그게 무엇일까. 계속해서 고민해오던 문제였다.

그리고 얼마 전, 이영식은 그에 대한 답을 찾았다.

"여자의 가장 큰 행복이 뭐야. 좋은 가정을 이루는 것 아니겠어? 착하고 성실한 남자를 만나 가정을 만들고 자식을 낳고 일도 도와주고. 그렇게 오순도순."

"네?"

"옛날이나 신부를 돈 주고 산다, 어쩐다, 했지만. 요

즘 사람들은 그런 거 아니잖아? 모두 사랑으로 하는
거지."

린은 대화의 갈피를 못 잡는 표정이었다.

"린은 한국어도 잘하니까 충분히 좋은 한국 남자를
만날 수가 있어. 내가 도와줄게."

그제야 이영식이 한 말의 뜻을 눈치챘다. 린의 얼굴
이 달아올랐다. 그건 분명한 수치심이었다.

7

오미숙은 더운 선풍기 바람을 맞으며 부지런히 손을
움직였다. 간장 졸이는 냄새가 부엌에 꽉 찼다. 환기를
시키고 싶지만 창문에 방충망이 없다. 전에 살던 집에
는 멀쩡하게 달려 있기에 이번 집도 당연히 그럴 줄만
알았다. 이사를 끝마치고 창문을 여는데 손바닥 크기
의 바퀴벌레가 기어 들어왔다. 이쪽 바퀴는 어찌나 큰
지. 심지어 날아다니기까지 한다. 거품을 물고 집주인
에게 연락했다. 방충망이 없다는 항의에 집주인은 천
연스럽게 대답했다.

"계약서에 안 쓰여 있잖아."

하다 하다 방충망까지도 챙겨야 하는 나라다. 살아남으려면 정보가 있어야 한다.

멸치볶음, 콩자반, 고추장아찌, 장조림, 무생채, 돼지갈비 재운 것 1킬로그램과 간장게장까지 크고 작은 플라스틱 통에 차곡차곡 담았다. 교민들에게 배달될 오늘의 반찬이다.

장사가 잘된다. 지인들에게 극찬받던 음식 솜씨가 여기서도 빛을 발할 줄 몰랐다. 한인은 물론이고 중국인이나 일본인, 현지 주민들도 배달을 시킬 때가 있다. 한국인 여행객을 상대로 하는 여행사나 선상 뷔페에서도 자주 불러준다.

남편을 따라 무작정 발을 디딘 프놈펜이다. 하도 자신만만하기에 이번엔 정말 뭐라도 될 줄 알았다. 이쪽 사람들은 진짜 휘발유보다 유사 휘발유를 더 많이 쓴다는 정보를 입수하고 뛰어든 사업이었다. 결과는 참패. 유사 휘발유 공장도 대리점도 다 거짓말이었다. 돈만 다 까먹고 멍청하게 눌러앉아 있는 꼴이 한심해 잔소리를 퍼부어댔다.

"당신이 돈 버는 거에 뭘 안다고 그래."

그 말에 발끈해서 장사를 시작했다. 뭘 할 수 있을까 하다가 제일 잘하는 걸 해보자 생각했다. 오이지나 진미채볶음 같은 간단한 것부터 만들었다. 여기까지 넘어와 혼자 사는 학생들이나 교회 사람들에게 팔았는데 맛있다고 입소문이 나기 시작했다. 한인 커뮤니티에 홍보하고 전단을 만들어 광고도 하고 그러다 보니 주문량이 불어나서 여기까지 왔다. 이제 남편은 오미숙에게 꼼짝도 못 한다. 본인이 양심이 있다면 그래야지. 남편만 떠올리면 속에서 천불이 날 것 같다. 참아야지. 이게 다 전생에 쌓은 업보이거늘.

그래도 남편은 나은 편이다. 적당한 때에 발을 뺐으니까. 끝까지 해보겠다고 설치다가 패가망신한 집이 여럿이다. 민 사장도 그랬고, 최 사장도 그랬다. 민 사장이야 늙어서 괜찮다. 짱짱한 자식들도 있고. 얼마 전 그는 한국으로 돌아갔다. 오른팔에 마비가 왔다고 했다. 여기는 의료 시스템이 형편없다. 아프면 떠나야 한다. 현지 사람들도 베트남이나 태국 같은 이웃 나라 병원으로 넘어가 치료를 받는다. 이러니저러니 해도 한국만큼 괜찮은 의료 환경이 갖춰진 나라는 별로 없다.

안타까운 건 최 사장이다. 그는 너무 젊었다. 사십

대 중반이나 되었나. 한국에서 돈벌이가 시원치 않아 여기까지 건너온 사람이었다. 마찬가지로 가짜 휘발유 사업의 피해자다. 그는 한발 늦게 합류했다. 남편이 발을 뺄 때 머리를 집어넣은 것이다. 젊은 사람이라 그런지, 어떤 야망 같은 것이 이글이글 타오르고 있었다. 여기에 있는 돈을 모조리 쓸어가겠다, 그런 생각이 훤히 보이는 눈을 가지고 있었다. 남편이 조언을 해줘도 듣지 않았다. 오히려 오미숙 부부를 패배자로 취급했다. 여기까지 와서 반찬이나 팔다니 허접한 인생이다, 이런 뒷이야기를 했다는 사실을 전해 듣고는 얼마나 화가 나던지.

자살했다는 소리를 듣고 심장이 덜컹 내려앉았다. 결국 죽었구나. 미안한 마음이 들었지만 재빨리 고개를 저었다. 관계없는 일이다. 오히려 오미숙은 그를 도와주려 했었다. 친절을 거부한 건 그쪽이다. 그러니 죄책감 가질 필요도 없다. 그게 벌써 이 년 전이다.

입구나 출구는 다르지만, 누구나 예외 없이 한 번은 어둠에 빠지게 된다. 그 속에서 어떻게 빠져나올지는 각자의 몫이다. 오미숙은 악착같이 길을 찾았다. 저 멀리서 빛이 보이는 게 느껴진다. 그 눈부심을 향해 한

발짝씩 걸어가는 중이다.

지금이야 좁은 집의 부엌에서 낑낑대고 있지만 곧 있으면 상가를 쓸 수 있을 것이다. 그럼 직원도 고용할 수 있다. 지금보다 더 돈벌이도 되고, 몸도 편해질 것이다. 어디에 가게를 내면 좋을까 생각하는 것이 하루의 즐거움이었다. 접근성이 좋으면서 유동 인구가 많은 곳. 하지만 세가 너무 비싸지는 않은 곳. 그런 면에서 찜해놓은 곳이 있다. 사랑교회의 옆자리다.

사랑교회는 명실상부 가장 많은 한인이 모이는 곳이다. 오미숙 역시 사랑교회의 교인이다. 그곳에는 워낙 다양한 사람들이 있다. 교회뿐 아니라 이 동네가 그렇다. 무슨 장관 친척이라는 사람부터 시작해서 멍청이 바보 천치 같은 사람도 있다. 예배 시간에는 같은 방향을 바라보며 기도하던 사람들이 교제를 나눌 때면 미묘하게 패가 갈린다. 비슷한 사람들끼리 따로 모임도 한다. 오미숙은 모든 사람과 두루두루 친하게 지낸다. 그건 스스로가 생각하는 장점이다. 어떤 위치에 있는 사람이든 거리낌 없이 친해질 수 있다. 말이 워낙 많은 성격 탓에 '촉새'라는 별명도 붙었다. 상관없다. 사람들을 만나서 이런저런 이야기를 나누면 그 순간만큼은 가지고 있던 걱정거리가 사라진다. 혼자 고민을 떠안고 사는 것이 아니구나 하는 위안도 얻는다.

여자들 사이에서는 왕언니로 통한다. 비슷한 나이의 사람 중 오미숙만큼 활동적이고 야무진 사람은 없다. 다른 이들도 그걸 알고 있다. 대장 노릇이 딱히 부담스럽지 않다. 뭔가 맡아 달라고 하면 못 이기는 척 고개를 끄덕인다.

"미숙 언니 없으면 한인 행사는 하나도 진행 못 해요."

그런 이야기를 들으면 겸손한 체해도 속으로는 격하게 공감했다. 사실이니까.

오미숙이 남들보다 한발 늦게 안 소식이 있다. 교회이전에 관한 이야기다. 계획이 있다는 건 알았지만 먼 미래가 될 줄만 알았다. 이 정도로 코앞에 성큼 다가와 있는 일이라고는 예상 못 했다. 계획에 차질이 생길지도 몰랐다. 반찬가게는 무조건 사랑교회 옆이라고 매일 밤 되뇌었던 말이다.

"왜 옮긴대?"

교회의 회계를 맡은 집사에게 최대한 태연한 얼굴로 물었다.

"너무 낡았잖아요. 안 좋은 사건도 있었고."

"어디로 갈 거래?"

"아직 확실하진 않은데……."

오미숙의 눈이 번쩍 뜨였다. 그쪽이라면 괜찮다. 괜찮은 정도가 아니라 아주 좋다. 지금 교회가 있는 거리보다 훨씬 깔끔하다. 예상했던 예산과도 딱 맞아떨어지는 위치다. 그녀는 새롭게 펼쳐질 빛나는 미래를 상상했다.

8

원더랜드에 오미숙이 왔다. 제집처럼 앉아 "차 한잔 할까?" 하는 모습에 고복희는 혀를 쯧 찼다. 여기가 무슨 사랑방인 줄 아는 건가. 차를 마시고 싶으면 본인 것을 가져올 것이지. 구비되어 있는 차를 아무렇지도 않게 손댄다. 달갑지 않은 손님이다.

그녀가 찾아온 이유는 한 가지다. 쓸데없는 말을 전하러 온 거다. 고복희는 오미숙 입을 통해 나오는 이야기는 듣고 싶지 않다. 안 끼는 자리가 없고 안 듣는 말이 없다. 거기까진 괜찮다. 문제는 거기서 나오는 이야기를 여기저기에다 퍼다 나르는 역할을 한다는 거다. 함부로 말을 옮기는 사람의 성미야 뻔하다. '내가 어디서 이런 이야기를 들었는데, 당신이 정말 걱정되어서 이 말을 전한다'며 상대를 위한 행동인 척 군다. 사실 여부를 확인할 필요도 없다. 무조건 사실이 아니다. 교묘하게 부풀고 이상하게 뒤틀려 있다. 좋은 이야기라 할지라도 '왜 내가 없는 자리에서 굳이 내 이야기를 하는 거지?' 하는 의구심이 들고, 나쁜 이야기면 기분 더럽다. 찜찜한 마음에 쓸데없는 걱정만 가중할 뿐이다.

아니나 다를까 오미숙은 전혀 궁금하지 않은 남의 근황을 줄줄 늘어놓기 시작했다. 족발집 사장은 오토바이 타다가 다리가 부러져 병원에 입원했다. 은지는 국제학교 졸업하고 특별전형으로 서울대 합격했다더라. 지안이네 집은 한국에 갔다 왔으면서도 빈손으로 교회에 나오더라. 어쩌고저쩌고.

"언제쯤 정리할 거야?"

깜빡이도 없이 대화의 방향이 틀어졌다. 뭘 정리한다는 건지. 고복희는 이런 화법에 익숙하지 않다. 주어와 목적어를 분명히 말해주면 좋으련만. 무슨 뜻이냐고 되물어야 하는 건 성가신 일이다. 그때 마침 주위를 어슬렁거리던 박지우가 다가왔다.

"무슨 이야기를 그렇게 재밌게 하세요?"

"이야기는 무슨 이야기. 그냥 수다 떠는 거지 뭐."

오미숙이 마뜩잖은 표정으로 대답했다. 그녀는 박지우를 건방진 청년이라고 평가했다. 얼마 전 있었던 바자회에서 이래저래 훈수를 놓는 모습이 영 거슬렸다. 오미숙은 젊은 세대의 그런 점이 싫다. 아직 진짜 나쁜 일을 겪어보지도 못했으면서 아픔에 통달한 척하는 것도. 힘듦이라고는 모르는 얼굴로 기성세대를 무시하는 것도. 오미숙의 마음을 짐작지도 못한 채, 박지우는 엉덩이를 들이밀고 자리를 잡았다.

"아가씨는 집에 안 가? 언제까지 있어?"

"저 여기서 한 달 살기 하고 있거든요. 아직 좀 남았어요."

"한 달씩이나. 요즘 사람들은 시간도 많아."

"요즘 사람들은 바쁘죠. 시간은 저 혼자 많아요."

한마디도 안 지는군. 오미숙은 기분이 상해 입을 다물었다. 박지우는 오늘따라 컨디션이 좋은지 쾌활한 표정으로 어깨를 붕붕 돌렸다.

"제가 요즘 여기서 진짜 잠을 잘 자서요. 생각을 해 봤는데요. 호텔에서 테라피 그런 걸 운영하면 어때요? 요즘 불면으로 고생하는 사람들 엄청 많거든요. 조용한 음악도 깔고 조명도 좀 바꾸고."

"안 합니다."

"손님 좀 늘려야죠. 손님이 저밖에 없어서 민망할 지경인데."

"어차피 여기 곧 교회 건물이 되잖아?"

오미숙이 불쑥 끼어들었다. 찻잔에 손을 뻗던 고복희가 비디오 정지 버튼을 누른 것처럼 멈췄다. 그게 무슨? 박지우가 눈을 동그랗게 뜨고 웅얼거렸다.

"뭐야. 나 말실수했어?"

"어……. 진짜요? 사장님?"

박지우가 눈을 도르르 굴리며 고복희를 쳐다봤다.

"사람들이 다 그렇게 알고 있던데. 왜? 아니야?"

"아닙니다."

고복희가 단호하게 말했다. 그러자 오미숙은 당황했다. 듣던 것과는 전혀 다른 반응이다. 원더랜드 옆으로 새롭게 만들어질 가게 모습을 그려놓았던 오미숙이다.

계획과 다르게 흘러가는 걸 원치 않는다. 그녀는 고복희의 손을 덥석 부여잡았다.

"어차피 여기 장사가 잘되는 편은 아니잖아. 차라리 다른 곳으로 이전하는 게 낫지. 직원도 좀 더 쓰고. 자기 나이도 나인데. 인제 그만 고생해야지?"

"그쪽이 상관할 바가 아닙니다."

"어머, 어머, 말하는 것 좀 봐?"

오미숙의 얼굴이 달아올랐다.

"사람들이 원더랜드 성격 나쁘다고 하는 거, 그거 괜한 소리는 아니었구나?"

정작 고복희는 아무렇지도 않은데 박지우가 화들짝 놀라 자리에서 일어났다.

"우리 사장님이 이상하긴 해도 나쁜 사람은 아닌데."

"됐고. 아가씨가 끼어들 문제 아냐."

오미숙의 목소리가 높아졌다.

"내가 궁금한 건 하나야. 여기 처분해? 아니야? 그것만 딱 듣고 갈게."

고복희는 이해할 수 없다. 어째서 사람들은 있지도 않은 일을 사실인 것처럼 말하고 해명을 강요하는가.

그저 사실 유무가 궁금했다면 본론만 말했으면 될 일이다. 차를 달라고 하질 않나, 궁금하지도 않은 남의 이야길 하지 않나, 알아듣기 힘든 질문을 하질 않나.

처음부터 고복희의 대답은 단 한마디였다.

"안 합니다."

9

박지우는 교민지를 뒤적이는 중이다. 원더랜드에 눌러앉은 자신을 고찰하다 보니 주변 인물인 고복희와 린을 관찰하게 됐고, 이 나라 사람들의 이야기가 궁금해졌고, 관련 내용을 찾아 읽게 됐다. 교민지에 실린 기사는 대부분 평이한 내용이었다. 그러다 문득 눈에 들어온 기사 하나가 있었다.

"이거요."

박지우가 고복희를 향해 교민지를 내밀었다. 이 년 전의 것이다. 고복희가 이 나라에 정착하기 전에 발행되었던 거였다. 정기 구독 신청을 하니 사은품이라며 케케묵은 과거의 잡지를 몽땅 가져다줬더랬다. 사무실의 골칫거리를 이런 식으로 처리하나 보다 하고 책꽂이 한구석에 쌓아놓았다.

한국인 사망 사건 발생

사망한 한국인은 가짜 휘발유 사업을 하던 사십오세 남성으로 밝혀졌다. 그는 사랑교회 화장실에서 전깃줄에 목이 졸린 채로 발견되었다. 한국 대사관과 현지 경찰은 조사 중에 있다. 정황상 자살로 보는 것이 타당하지만 경찰은 타살의 가능성도 염두에 두고 있는 것으로 알려졌다.

박지우가 손으로 한 대목을 가리켰다. 사건이 벌어진 장소였다. 돌이켜보면 당시 교회의 3층 화장실을 이용하는 사람은 고복희뿐이었다. 사건을 알고 있는 사람들은 꺼림칙한 모양이었다. 부모는 아이들이 뭐라도 옮을 것처럼 못 들어가게 했다. 유령을 보았다는 사람도 있었다. 고복희는 별로 무섭지 않았다. 어차피 죽은 남자의 얼굴도 모른다. 정말로 유령이 나오더라도 꾸벅 인사를 하고 지나칠 것이 분명했다. 얼마 지나지 않아 화장실은 폐쇄됐다.

"뭔가 기분이 나빠서……."

생판 모르는 사람의 불행을 접하고 기분이 나쁘다니. 그것도 이 년 전에 벌어진 일을. 그럴 것까지 있나. 별로 대꾸해줄 말이 없었다. 고복희는 다시 장부 정리에 열중했다.

박지우는 정말 그랬다. 기분이 나빴다. 사람 죽은 사건이야 포털 사이트 메인에만 들어가도 주르륵 쏟아진다. 온갖 나쁜 이야기를 전해주려고 안달 난 친구 같다. 일가족과 함께 목숨을 끊은 가장, 졸음운전으로 가드레일을 박은 운전자, 스토킹에 시달리다 살해당한 대학생, 성적 비관으로 투신한 수능생, 삽시간에 사고를 당한 어마어마한 사람들. 21세기는 안전하지 않다. 오히려 구석기시대 사람들이 덜 죽었을 거다. 그때야 고작 매머드에게 밟혀 죽는 게 다 아닌가.

박지우의 눈에 밟히는 것은 사건이 벌어진 장소였다. 교회와 자살이라니. 한참은 어긋나고 잘못된 두 단어의 조합이었다.

이 남자에게는 무슨 일이 있었을까. 박지우는 기사의 단어를 곱씹었다. 어떤 상황에서도 사실만을 전하겠다는 딱딱한 의지가 느껴졌다. 이 객관적인 문장이 강력하게 뭔가를 말해주고 있다는 생각을 멈추지 못했다.

다음 자, 그리고 그다음 자 교민지를 뒤적이며 후속
기사를 찾으려고 노력했지만 없었다. 자살인지 아니면
타살인지 경찰이 조사를 했다는데 어떤 결론을 내렸는
지. 고복희는 아무것도 몰랐다. 직접적인 관계가 있던
사람은 아닌 듯싶었다. 하긴. 사교성이라곤 죽었다 깨
어나도 없는 사람이니까.

"왜 하필 교회에서 죽었을까요. 보란 듯이."

원더랜드에 찾아온 김인석에게 그런 말을 꺼냈다.
정말 단순한 궁금증이었다. 이후 벌어질 일은 생각지
도 못한 채.

10

김인석이 만복회 회장을 맡게 된 것은 만장일치로
결정된 일이다. 김인석이 아니면 누가 하겠냐는 의견
이 압도적이었다. 김인석의 생각도 그랬다. 그러나 다
수결은 합리적인 방법일 뿐 언제나 옳은 건 아니다. 그
걸 깨달은 게 회장 선거였다. 그는 한인 회장 선거에

출마했었다. 일개 모임을 넘어 교민 사회까지 운영하는 지도자로 거듭나고픈 욕심이었다. 한데 교민들이 김인석을 선택하지 않았다. 대체 왜? 눈알이 삐었나? 화가 난다. 그러니 이곳 사람들이 발전이 없는 거다. 늙은 놈들은 늙은 놈대로, 젊은 놈들은 젊은 놈대로 짜증난다. 늙은이는 시도 때도 없이 고리타분한 이야기만 지껄인다. 과거에 한자리해보지 못한 사람이 어디 있겠는가. 아직도 그 시대에 머물러서 빠져나오질 못한다. 젊은 놈들은 더 한심하다. 봉사활동을 하러 왔다는 놈들은 끼리끼리 몰려다니며 음식점이나 찾아다닌다. 훌륭한 점심을 먹는 것이 인생에서 가장 중요한 일인 것처럼 군다. 만일 아들이 살아 있다면 그놈들 같은 손자가 있었을 거다. 죽은 게 차라리 다행인지도 모른다. 멍청한 손자놈 귀찮은 뒤치다꺼리나 하면서 살았을지도 모를 노릇이니. 아들놈은 비행기 한번 못 타보고 죽었다. 그땐 이런 세상이 아니었다. 마음대로 해외에 들락날락하는 시대는 생각보다 빨리 왔다. 조금만 더 살아보지. 물론 손주는 남기지 말고.

살다 보니 프놈펜까지 흘러오게 되었다. 이곳에 오기 전 김인석은 호찌민에서 양식장을 운영했다. 예기

치 못한 홍수로 메콩강 물이 범람하는 바람에 귀한 장어는 모조리 떠내려가 버렸다. 양식장에 실패하고 새로운 일을 찾아서 온 프놈펜이다. 괜히 왔다 싶을 정도로 난장판이었다. 그나마 지금은 낫다. 처음에는 아주 못 볼 꼴이었다. 호찌민 교민 사회 역시 그 나름대로 문제를 안고 있지만 여기와 비할 바가 아니다. 그쪽 사람들은 의욕이 넘친다. 중국인보다 한인의 파워가 더 세다. 이곳은? 하나같이 약해빠진 인간들뿐이다. 사회를 바꿔볼 용기도 없으면서 불평만 더럽게 많다.

김인석이 만복회를 만든 이유에는 분명한 목적이 있었다. 그는 스스로가 한국인이라는 데에 자부심이 있다. 한국인은 보통 인간이 아니다. 당장 망해도 이상할 것 없는 나라를 강대국으로 일으켜 세운 인간들이다. 얼마나 대단한 민족인데. 고개를 치켜들고 떵떵거려야 한다. 이렇게 죽은 듯이 살아서는 안 되는 거다.

무능한 한인회 놈들…….

김인석은 이를 바득바득 갈았다. 새롭게 선출된 회장이라는 놈은 약아빠졌다. 현지인과 공생하는 관계를 만들겠다는 두루뭉술한 소리나 하고 있다. 김인석은 곧 일흔을 바라보는 나이다. 겉으로는 그렇게 보이지 않는다. 그렇지만 늙은 건 사실이다. 교민 사회에서 어떤 역할을 하기에는 힘에 부친다. 그나마 가장 괜찮게 보이는 인간이 있다. 이영식 목사. 배포가 두둑한 사람이다. 목표가 확실하고 그것을 차근차근 이뤄나갈 능력이 있는 사람이다. 이런 인간이 이끌어야 사회가 제대로 돌아간다. 어차피 자신이 할 수 없는 일이라면, 차기 한인 회장은 이영식이 되어야 했다.

"저는 목사님을 믿니다."

이영식은 무슨 소리를 하는지 모르겠다는 표정을 지어 보일 뿐이었다. 여우 같은 양반이다. 조심하겠다는 거지. 이 나이가 되면 남의 이목에 신경 쓰며 살지 않는다. 그따위 것이 중요한 시기는 예전에 지났다.

"교민 사회의 발전을 위해서 가장 필요한 게 뭡니까?"

그 말에는 크게 동요하는 이영식이었다. 이영식이 원하는 건 건물이었다. 단순한 예배당을 원하지 않았다. 운동장, 교육을 할 수 있는 공간과 보육 시설까지 갖출 수 있는 공간을 원했다.

김인석 역시 교회 이전의 필요성을 느꼈다. 낡고 후미진 건물인 것은 둘째 치고 마음이 영 불편했다. 거기서 최상민이 죽었다. 죽고 싶으면 곱게 죽을 것이지, 늦은 밤, 잠이 오지 않아 멀뚱멀뚱 까만 천장을 보고 있노라면 귀에서 환청이 들렸다.

"도와주십시오. 당장 저희 식구 생활비도 없습니다."

무릎을 꿇고 머리를 숙이던 최상민의 모습이 눈에 훤하다. 그때 김인석은 어떻게 해야 했을까. 도와줬다면? 그랬다면 최상민은 죽지 않았을까? 아니다. 어떤 방도를 취했어도 결국 그는 그렇게 될 사람이었다. 빌려간 돈도 못 받았을 거다. 그런 놈들이야 뻔하다. 책임감이라고는 눈곱만큼도 없다. 남의 돈을 끌어다 쓰고 본인은 죽어버리면 그만이니까. 개념 빠진 놈의 구걸은 교회에서까지 계속됐다. 주일에. 신성한 예배당에서.

"저는 절대로 교민들을 무시한 것이 아닙니다. 저도 살려고 그랬습니다. 살려고."

최상민의 말에 김인석은 코웃음을 쳤다. 살려고? 살려고 했으면 그래서는 안 되지. 더 독해야지. 그렇게 나약할 바에야 차라리 죽는 게 낫다. 그런 놈들은 사회에 어떤 이바지도 하지 못한다.

교회 이전의 필요는 나도 느낍니다. 당장은 어렵고

몇 년은 두고 기다려봅시다. 그렇게 말했었다. 마침 둘의 의견이 완벽하게 모아진 건물이 있었다. 이곳에서 김인석은 땅을 사고파는 일로 재미를 보고 있었다. 몇 년 전 사두었던 땅이 벌써 사십 배가 올랐다. 여기는 그런 나라다. 난장판이다. 앞뒤가 없다. 벙킹캉은 포화상태다. 다음 흐름은 이쪽으로 올 수밖에 없다. 새롭게 부상할 지역의 센터를 지키는 황금 같은 곳이었다. 한데 이영식도 눈여겨봤다니. 역시 보통내기가 아니다.

그런데 그 좋은 부지를 가로챈 사람이 나타났다. 나무도 심고 꽃도 심고 갖은 쓸데없는 짓을 다 하기에 뭔가 하고 봤더니 호텔을 짓는단다.

세상에. 호텔이라니.

거긴 호텔로 쓸 만한 부지가 절대 아니란 말이다.

어디서 굴러온 건지 모를 콩알만 한 여자였다. 원더랜든지 뭐시깽인지 하는 그럴듯한 이름을 지어놓고 앉아 있는 꼴이 우스웠다. 딱 봐도 세상 물정 하나 모르는 여자다. 자식도 남편도 없다. 저런 여자와 살 만한 남자는 세상 어디에도 없을 거다. 그래도 한국인이니 다행이다 싶기도 했다. 어르고 타이르면 된다. 이곳에 발을 들였다면 사랑교회와 만복회를 빼놓고 살아갈 수가 없다. 멍청이가 아닌 이상에야.

건물 양도에 관한 이야기를 꺼내자 고복희는 또박또박한 말씨로 말했다.

"싫습니다."

그게 끝이었다. 더 들어볼 생각조차 하지 않았다.

어차피 장사도 안 되는 곳이다. 결국엔 꼬리를 내릴 것이다. 세상이 따분해서 여기까지 흘러온 모양인데 이 나라는 여자 혼자서 살 만한 곳이 못 된다. 조용히 뜨개질이나 할 것이지 무슨 장사를 한다고 설치는지. 곧 편안한 삶이 그리워지는 순간이 올 것이다. 그렇게 생각했건만 이 년째 버티고 있다. 매일 찾아가 강짜를 놓아도 심드렁하게 반응할 뿐이다.

그간 만만하게 봤던 것 같다는 생각이 들기 시작했다. 이것들이 모여서 무슨 작당 모의를 하는지 모르겠지만 이 년 전 사건까지 들춰내려고 작정한 것 같았다. 이쪽 상황에 대해 아무것도 모르는 놈들이 꺼낼 이야기가 아니다. 새파랗게 젊은 여자애가 아무렇게나 떠벌리는 걸 보니 피가 거꾸로 솟는 느낌이었다. 그래, 이렇게 나온다는 거지.

내쫓아야 한다. 수단과 방법을 가리지 않고.

김인석은 그렇게 결심했다. 이를 어찌나 세게 물었던지 잇몸이 와르르 무너지는 기분이었다. 사무실에 멍청하게 앉아 있는 안대용을 호출했다. 당장이라도 묵사발을 내고 싶은 고복희의 얼굴을 떠올리면서.

11

태양에 먹구름이 드리워지더니 번쩍, 카메라 플래시를 터트린 것처럼 강렬한 빛이 터졌다. 선명한 빛줄기가 하늘을 갈랐다. 세상을 부수고 무너뜨리는 듯한 소리가 원더랜드에 울려 퍼졌다. 굵은 빗방울이 툭툭 떨어졌다. 이내 후드득 비가 쏟아지기 시작했다. 몰아치는 바람과 거센 빗줄기가 순식간에 거리를 휩쓸었다. 린이 익숙한 손놀림으로 데스크를 정리했다. 고복희는 우비를 입고 로비에 지붕을 씌웠다. 빗물이 얼굴을 사정없이 휘갈겼다. 속눈썹에 매달린 물방울 때문에 시야가 흐렸다. 서둘러 대문을 닫고 그 위로 호출 벨을 달았다.

둘은 고복희의 생활공간으로 들어갔다. 로비 뒤쪽에

있는 열 평짜리 방이었다. 거실에서 눅눅한 곰팡내가
났다. 린은 거실의 왼쪽 모서리에 자리를 잡았다. 비가
들이닥칠 때마다 이곳에 머물렀기 때문에 딱히 낯설지
않은 공간이었다. 누군가 문을 두드렸다. 보조키를 따
고 문을 열어주었다. 박지우가 젖은 발가락을 꼼지락
거리며 서 있었다. 잔뜩 주눅이 든 모습이었다.

"천둥소리 무서워요."

린이 수건을 가져다주자 박지우가 얼굴과 발을 닦
았다. 고복희는 주전자에 물을 올렸다. 찬장 깊숙한 곳
을 뒤졌다. 한국에서 가져온 믹스커피를 찾았다. 포장
지가 구깃구깃해져 있었다. 머그잔에 뜨거운 물을 붓
자 커피 알갱이가 풀어지며 부드러운 모양을 만들어
냈다. 코끝에서 달콤한 냄새가 희미하게 느껴졌다. 담
요를 뒤집어쓴 린이 꾸벅꾸벅 졸았다. 고복희는 박지
우에게 머그컵을 내밀었다. 그들은 별 말 없이 손에
쥔 따끈한 기운을 음미했다. 유리창이 덜컹덜컹 흔들
렸다. 빗줄기가 거세게 창문을 두드리고 있었다.

"이게 스콜이구나."

박지우가 창밖을 내다보며 말했다.

"고등학생 때 아침마다 사 먹던 음료수 이름이 스콜

이거든요. 달달하니 참 맛있는데. 이렇게 무서운 거였다니. 뭔가 배신당한 기분이네."

박지우가 커피를 한 모금씩 삼켰다. 눈을 돌려 거실을 두리번거리기 시작했다. 자연스레 턴테이블에 시선이 가 닿았다. 거실에 있는 유일한 가구였다.

"음악 좋아하세요?"

고복희는 아무 대답도 하지 않았다. 박지우는 빼곡하게 세워져 있는 레코드판 무더기를 발견했다.

"이거 다 언제 적 거예요?"

박지우가 레코드판을 꺼내 들더니 깔깔 웃었다. 천진하고 악의 없는 웃음이었다.

"근데 요즘엔 이런 게 되게 힙한 거거든요. 유행은 돌고 돈다."

"지금 디스코가 유행입니까?"

"그건 잘 모르겠는데."

누군가 대문 밖에서 호출 벨 누르는 소리가 났다. 이 시각에 예정된 손님은 없었다. 고복희는 젖은 우비에 팔을 집어넣었다. 빗줄기는 여전했다. 대문을 반쯤 열어 밖을 확인했다. 안대용이 서 있었다. 온몸이 흠뻑 젖은 채로. 정수리에서 얼굴을 타고 빗물이 뚝뚝 떨어졌다. 그의 품에는 조그만 새끼 고양이가 안겨 있었다.

"죽, 죽을 것 같아요."

안대용이 목소리를 낮추고 거의 속삭이다시피 말했다.

"들어오십시오."

고복희는 안대용을 원더랜드 안으로 이끌었다. 자세히 보니 입술 군데군데가 터져 있었다. 큼지막한 타월을 건네주자 손을 벌벌 떨면서 받아 들었다. 그의 품에 안긴 고양이가 찢어지는 소리를 냈다.

"어떡해. 고양이……."

린이 안대용에게서 고양이를 건네받았다. 눈곱을 떼어주고 덮고 있던 담요로 몸을 감쌌다. 안대용 말대로 곧 죽을 것처럼 보였다.

"왜 이렇게 됐어요?"

"던, 던졌어요. 밖, 밖에다가."

안대용이 한 차례 심호흡했다.

"미친 거 아냐?"

박지우가 경악하는 얼굴로 소리 질렀다.

"동물 학대하는 인간들은 다 감옥에 처넣어야 한다고요."

너무 조그마해서 숨 쉬고 있는 것조차 제대로 느껴지지 않는 생명이었다. "괜찮아. 괜찮아." 린이 고양이를 엄지로 부드럽게 어루만지며 속삭였다. 덩치 큰 안대용과 새끼 고양이까지 합세하자 그렇지 않아도 좁은 거실이 더욱더 비좁게 느껴졌다. 하지만 아무도 불편을 느끼는 사람은 없었다.

"고양이 이름 팔팔로 지어줘요."

린이 말했다.

"팔팔?"

"팔팔하게 살아나라고. 그거 한국말로 건강하다는 뜻이잖아요."

안대용은 어깨와 고개를 덜덜 떨고 있었다.

"무슨 일 있었습니까?"

고복희가 물었다.

"하, 하기 싫은 건 하, 하기 싫다고 말해야 한다고 해서."

안대용이 린의 얼굴을 흘긋 쳐다봤다.

"그, 그래서 하, 하기 싫다고 말했어요."

"뭘요?"

"남, 남을 괴, 괴롭히는 짓, 짓이요."

안대용의 얼굴이 벌겋게 달아올랐다. 숨이 가빠졌다. 고복희는 머그잔에 미지근한 물을 담아 안대용에게 내밀었다.

"거기 사장님이 아저씨를 때렸어요? 그럼 그거 신고해야 해요. 신고."

박지우가 말했다. 안대용은 입을 꾹 다문 채 바닥만 내려다보았다.

"폭력을 묵과하면 안 된다니까요? 왜 바보처럼 그냥 넘어가냐구요."

"신고하면 뭐가 달라져요?"

린이 발끈해서 물었다.

"뭐가 달라지냐니. 괴롭히는 놈들한테는 본때를 보여줘야지."

"여긴 아니에요. 이런 사소한 일로 본때 안 줘요."

안대용이 고개를 들었다. 그리고 박지우를 쏘아보며 말했다.

"본, 본때를 보, 보여준다는 말 사, 사장님이랑 똑, 똑같아요."

"네?"

"똑, 똑같다고요. 우, 우리 사, 사장님도 그렇게 말,

말했어요. 원, 원더랜드에 본, 본때를 보, 보여줘야 한다고."

안대용의 말에 세 여자는 서로를 쳐다보았다.

"우리가 뭘 잘못했다고요?"

린이 목소리를 높였다. 안대용이 고개를 저었다. 자신도 모르겠다는 뜻이었다. 정적이 흘렀다. 모두가 우울한 얼굴이었다. 묵직한 침묵을 못 견디겠다는 듯 박지우가 입을 열었다.

"저기요. 맞은 거 신고 못 하겠으면 인터넷에라도 올려요. 한국 사람들 인터넷 엄청 많이 하거든? 내 트위터 계정에도 올릴게요. 리트윗만 제대로 타면 공론화시키는 거는 일도 아니에요."

"그럼 뭐가 달라져요?"

"아니, 린은 왜 자꾸 똑같은 소리만 해. 가만히 있지 말고 뭐라도 해야 할 것 아니야."

"한국 사람들이 왜 우리에게 관심을 가져요."

"지금 린 빼고 다 한국 사람이거든? 재외동포가 어려움에 처했는데 그냥 둘 것 같아? 우리 그렇게 정 없지 않아."

"그, 그, 그만."

안대용이 팔을 벌려 두 여자의 가운데를 막았다.

"싸, 싸우지 마, 마세요."

"난 절대 린이랑 안 싸워요. 그냥 이야기하는 거예요."

"사, 사이좋게 지, 지내야 나, 나중에 다 같이 천, 천국 갑니다."

"교회 열심히 다니시는구나……."

박지우가 퍼뜩 뭔가 생각났다는 듯 안대용의 팔을 붙잡았다.

"혹시 사랑교회 다녀요? 얼마나 됐어요?"

"오, 오 년쯤."

"그럼 이 사건 알아요?"

박지우는 핸드폰을 안대용 얼굴 가까이 들이밀었다. 교민지에 실린 기사를 핸드폰 카메라로 찍어둔 거였다. 눈을 가늘게 뜨고 웅얼거리며 천천히 활자를 읽어 내려가던 안대용의 얼굴이 하얗게 질렸다.

"최, 최 사장님……."

"아는 사람이에요? 이거 뭐예요? 왜 그런 거예요?"

박지우의 질문 폭격에 안대용은 뭔가를 생각하는 듯 눈을 굴렸다. 괜찮아요. 괜찮아요. 린이 속삭였다. 다친 새끼 고양이를 위로하듯.

"최, 최 사장님이 먼저 사, 사람들을 바, 바보 취급했어요. 여, 여기 있는 사, 사람들은 다, 다들 열심히 사, 사는데 혼, 혼자서만 자꾸 대, 대단한 사, 사람인 것처럼 굴었어요."

"그래서 괴롭혔어요?"

"괴, 괴롭힌 게 아, 아니라 그, 그냥 싫, 싫어했어요."

"그냥 싫어한다가 대체 무슨 말이에요?"

안대용은 다시 입을 다물었다. 본인도 설명하기가 힘든 것 같았다. 손으로 눈두덩이를 문질렀다.

"나, 나 때문이에요."

안대용은 맥없이 손과 발을 움직거렸다.

"나, 나 때문에 최, 최 사장님이 죽었어요. 내, 내가 때렸어요. 교회에 와서 행, 행패를 부리기에 내, 내가 때렸어요. 그, 그리고 그날 죽, 죽었어요."

안대용은 헝클어진 머리를 아무렇게나 쓸어 올리며 절규하다시피 소리쳤다.

"다, 다시는 안, 안 그래요. 원, 원더랜드도 손, 손봐주라고 해서 내, 내가 절, 절대 안, 안 한다고 했어요."

"뭐요? 손봐줘?"

깜짝 놀란 박지우가 벌떡 자리에서 일어났다. 린의 입술도 파르르 떨렸다. 오직 고복희만이 평소와 같은 표정으로 침묵했다.

"원더랜드 사장님을 때리라고 시켰어요? 그 회장이라는 사람이?"

방금 내뱉은 말이 얼마나 어이가 없는 것인지 깨달은 박지우가 다시 바닥에 주저앉았다. 얼마간의 정적이 흘렀다. 유리를 부술 듯 몰아치던 비바람이 점차 유순해지고 있었다. 안대용의 눈에 흥건한 눈물이 맺혔다. 어떤 의미라고 딱 잡아 말할 수는 없지만, 반성과 후회에 가까운 것이었다. 손바닥으로 거칠게 얼굴을 닦고 두 손을 내려뜨렸다.

"사람 때리는 거 나쁜 일이에요."

린이 말했다.

안대용은 조용히 고개를 끄덕였다.

비가 멎었다. 하늘은 구름 한 점 없이 파랬다. 원더랜드는 정적에 잠겨 있었다. 거센 비바람에도 뿌리 뽑히지 않은 열대의 잎사귀가 마당에서 흔들리고 있었다. 찬연한 햇빛이 쏟아졌다.

고복희는 눈 하나 깜짝하지 않고 여름의 한복판으로 성큼성큼 걸어갔다.

3부

디스코를
좋아하세요?

1

    고복희는 아버지 얼굴을 본 적이 없다. 그는 자신의 딸이 태어나는 것을 보지 못하고 세상을 떠났다. 초가 지붕을 슬레이트로 바꾸는 공사 중 발을 헛디뎌 바닥으로 떨어졌다. 종이처럼 하얀 겨울이었다. 그렇게 꽥 죽어버릴 줄 몰랐지. 강금자는 남편의 죽음이 그저 우스운 해프닝에 불과하다는 듯 말했다. 강금자는 카랑카랑한 목소리를 가졌지만 말수가 적은 편이었다. 과묵한 성격은 그들 모녀가 유일하게 닮은 점이었다. 고복희는 또래보다 발육이 더뎠다. 170센티가 넘는 키를 가진 강금자와는 정반대였다. 아버지가 조그맸었나. 막연히 추측할 뿐이었다. 한 번도 본 적 없는 아버지를 떠올리는 일은 그다지 어렵지 않았다. 거울에 비친 모습에서 하나씩 유추해내면 됐다. 어머니와 달리 길쭉한 눈, 어머니와 달리 동그란 코, 어머니와 달리 두툼한 입술. 이는 모두 아버지의 것이리라. 머릿속으로 그려낸 남자는 썩 나쁘지 않은 모습이었다.

다정한 사람이었을 거다. 그러길 바랐다. 무뚝뚝한 사람과 무뚝뚝한 사람이 한집에 산다는 건 그다지 유쾌한 일이 아니니까.

어린 시절에 관한 기억이 많지 않다. 재밌는 나날은 아니었다. 이따금 우연처럼 찾아오는 따뜻한 순간은 저금하듯 꼬박꼬박 모았다. 새까맣게 어둠이 덮쳐오면 꺼내 보려는 심산이었다.

아홉 살 때의 일이다. 저녁때가 넘었는데도 어머니는 돌아올 생각이 없었다. 배가 고파진 고복희는 수제비를 만들기로 했다. 어머니 어깨너머로 몇 번이나 봐왔기에 자신 있었다. 까치발을 하고 찬장의 밀가루를 집었는데 그만 바닥에 쏟아버리고 말았다. 허둥대며 손에 잡히는 걸로 바닥을 닦았다. 그게 또 하필 어머니의 스카프였다. 어느 틈에 귀가한 강금자가 고복희를 빤히 내려다봤다. 난 죽었다. 고복희는 이를 깍 깨물었다. 강금자는 아무 말도 하지 않았다. 등짝을 때리고 성이라도 내면 잘못했다고 싹싹 빌면서 마무리 지을 텐데, 어질러진 방바닥과 어린 고복희를 번갈아 응시할 뿐이었다. 그러곤 부엌으로 가 뚝딱뚝딱 수제비를 만들어 고복희에게 가져다주었다.

"먹어라."

그게 끝이었다.

"맛있냐?"

강금자는 딸의 얼굴을 물끄러미 봤다.

"많이 먹어라."

강금자는 옷을 툭툭 털고 일어나 마른걸레로 바닥을 닦았다. 빨래 다라이에 스카프를 넣고 찬물로 비벼 빨았다. 그사이 고복희는 덜 익은 밀가루 반죽을 질경질경 씹어 삼켰다. 별다른 말을 하지 않았지만 서로가 서로에게 미안해하고 있다는 것은 알 수 있었다. 그게 그들의 대화 방식이었다.

강금자는 봉제공장에서 일했다. 혼자 공장에서 일하면서 딸아이를 먹이고 씻기고 입혀 대학까지 보냈다.

대단히 독하거나 자애로운 성격이어서가 아니다. 그땐 모두 그렇게 일했다.

한국 경제는 빠르게 성장하는 중이었다. 밀려드는 자본의 파도에서 사람들은 속수무책으로 휩쓸리고 가라앉았다. 폭풍우에 맞서 돛을 팽팽하게 당기는 사람이 있었고 태어나보니 이미 안전하고 튼튼한 배에 탑승하고 있던 사람도 있었다. 따지자면 강금자는 지진 해일이 덮치는 줄도 모르고 해변에서 모래성을 쌓고 있던 부류였다. 무료한 시골에서 천진한 어린 시절을 보내고 정신을 차려보니 서울 창천동의 공장에 앉아 뿌연 먼지를 뒤집어쓰고 있었다.

산업화 과정 속에서 강금자와 같은 어린 여성들은 무자비하게 착취당했다. 공장주 말마따나 정말 '뭣도 모르는 계집애들'이었다. 어릴 때 똑똑할 수 있는 사람은 몇 없다. 얼마나 바보 같은 짓을 했는지는 한참의 시간이 지나서야 깨달을 수밖에 없다. 시스템은 이 어리고 멍청한 애들을 부려먹을 수 있을 때까지 부려먹기로 작정한 것처럼 보였다.

강금자는 책임져야 할 것들이 많았다. 월급날을 기다리는 시골의 부모님과 남동생이 있었다. 허망하게 죽어버린 남편이 있었고 어린 자식이 있었다. 무엇보다 자기 자신. 가장 우선시되어야 할 자신의 삶이 있었다. 강금자는 최소한의 인간 존엄을 유지하고 싶었다. 그녀는 그녀의 존재가 뿌리 뽑히지 않기 위해 안간힘을 썼다.

산업역군은 강금자가 싫어하는 단어였다.

"먹고살려고 일하는 거지. 나라를 위한다는 건 개소리야."

재봉틀 앞에서 먼지를 반찬 삼아 도시락을 까먹는 것도, 몇 시간 동안 오줌을 참아가며 다리를 배배 꼬는 것도, 수당을 받기 위해 휴일을 반납하고 일하는 것도, 강금자는 모두 별것 아닌 일로 치부했다. 원래 사는 게 고달픈 거라고. 이 정도 고생은 다 하면서 산다고.

먹고사는 일의 부당함을 아무렇지 않게 여기는 것. 그건 강금자가 삶을 견디는 방식이었다.

고복희는 강금자를 따라 창천동 공장에 가본 적 있다. 후텁지근한 공기가 폐 깊숙이 들어왔다. 뿌연 먼지가 피어나는 회색의 공간에서 고복희는 두리번거리기만을 반복했다.

"네가 복희니? 참 귀엽기도 하다."

이모들은 고복희의 머리를 연신 쓰다듬었다. 정수리에 와 닿는 감촉이 거칠었다. 이모라고 부르기 무색한 나이의 앳된 언니들도 있었다. 볼이 발그레한 이모가 주머니를 뒤져 꼬깃꼬깃한 포장지의 사탕을 꺼냈다. 주머니에 얼마나 오래 있었는지 진득하게 녹아 있었다. 사탕은 크고 꺼끌꺼끌했다. 입 안에서 힘겹게 굴리자 미지근하고 화한 향이 퍼졌다. 봉제공장 맛이 난다. 고복희는 그렇게 생각했다. 덥고, 맵고, 뿌옇고, 찐득찐득하고, 단맛이 느껴지기 무섭게 눈물이 핑 고이는 그런 맛.

강금자가 발을 움직이자 공업용 재봉틀이 요란스러운 소리를 냈다. 고복희는 괜스레 발가락을 곰질거렸다. 조금이라도 리듬이 어긋나면 큰일이었다. 거대한 미싱은 순식간에 어머니의 손을 삼켜버릴 것 같았다. 큰일이다. 고복희는 입을 틀어막았다. 대파를 썰며 흥얼거리던 강금자의 노래를, 그 기묘한 엇박자를 기억해냈다.

"무섭니?"

옆자리 이모가 싱긋 웃었다.

"걱정 마라, 복희야. 네가 자라 어른이 되면 절대루 이런 일은 안 할 거야."

이모는 기다란 손가락을 쉴 새 없이 움직이며 말했다.

"그러니까 공부 열심히 해야 해?"

그녀의 손톱 끝에는 봉숭아 꽃물이 미세하게 남아 있었다.

2

"정부가 결국 IMF에 구제금융을 신청하기로 했습니다. 사실상의 국가 부도를 인정하고⋯⋯."

텔레비전의 아나운서는 침통한 표정이었다. 고복희는 학교 숙직실에서 물을 끓이고 있었다. 주전자가 요란스러운 소리를 냈다. 대한민국에서 무슨 일이 벌어지고 있는지 깨달을 틈도 없이 허겁지겁 가스 불을 껐다. 라면에 물을 붓고 기다리는 동안 텔레비전의 볼륨을 높였다. 어째서 이런 참극이 일어났는지 설명하는 기자와 눈을 맞추며 불어터진 면발을 호로록 삼켰다.

금융위기는 갑작스럽게 닥쳐온 것처럼 보였지만 사

실 예견된 일이었다. 기업의 잇따른 부도와 경상수지의 폭락에도 정부는 저환율 정책을 고수했다. 위기가 닥칠지도 모른다. 하지만 언제 어떤 방식으로 찾아올 것인가. 당장 중요한 문제가 눈앞에 놓여 있었다. 국민소득 1만 불 시대에 진입했다. OECD 가입과 함께 한국이 선진국이 되었다는 사실을 공표해야 했다. 조금만, 조금만 더 나아가자. 고지가 눈앞에 있었다. 그리고 평, 터져버렸다. 부풀대로 부풀어 오른 경제가.

모두가 처음 겪는 상황이었다. 어떻게 대처해야 할지 몰라 우왕좌왕하는 사이 일터를 떠나야 하는 사람들이 생겨났다. 다니던 회사를 평생직장이라고 생각하던 시절이었다. 누군가는 남았고 누군가는 버려졌다. 선택받은 자와 그렇지 못한 자가 분명하게 나뉘었다. 사람들은 살아남은 자가 되기 위해 애썼다. 그들을 두렵게 하는 건 실체가 보이지 않는 불안이었다. 어떤 방식으로 공격할 것인지 일러준다면 몸을 숨길 방책을 마련할 텐데 도무지 알 길이 없었다.

그때의 기억은 모두에게 트라우마로 남았다. 모든 회사의 모든 직종이 사양길에 접어든 것처럼 보였다. 공격적으로 살았다간 망한다. 방어가 우선이다. 사람들은 최대한 실패가 없는 일, 안정적인 직종을 선호하게 되었다. 기업은 기업대로 몸을 사렸다. 그들은 언제든지 해고할 수 있는 비정규직을 원했다. 모두 같은 맘이었다. 누구도 지켜주지 않았다. 스스로 지켜야 했다. 이 불안정한 세계 속에서 살아남기 위해서는.

"교사가 이렇게 인기일 줄 누가 알았겠어."

나이 든 수학 선생은 쓸쓸한 어조로 중얼거리곤 했다. 고복희는 조용히 공감했다.

고복희는 운이 좋은 사람이었다. 예견한 것은 아니지만 우연하게 교사라는 안정적인 직업군에 안착해 있었다. 대한민국을 휩쓸었던 금융위기 속에서 직격타를 맞은 사람이 아니었다.

고복희에게는 비교적 편안한 노후가 남아 있었다. 정년퇴직을 기다리며 아이들을 가르치고 퇴직 후에는 다달이 나오는 연금으로 생활하면 됐다. 오전은 수영장에 가고 오후엔 테니스를 즐기며 주말에는 여유롭게 공원을 산책할 수도 있었다.

그런 그녀가 어쩌다 원더랜드라는 골치 아픈 세계로 뛰어들게 되었는가.

3

바야흐로 나이트클럽의 전성시대였다. 대형 호텔에서 운영하는 나이트클럽은 고급화 전략을 내세우며 거대하게 몸집을 불려나갔다. 낯선 감각을 중요시하는 청춘은 록카페에서 트렌디한 문화를 만들어갔다. 이런 분위기에서 대학생 장영수는 유행에 뒤떨어진다는 평가를 받았다. 그가 진짜 좋아하는 건 따로 있었으니.

디스코. 역시 디스코다.

장영수는 디스코에 미쳐 있었다. 당시 디스코는 단순하고 대중적인 멜로디라인 때문에 한물간 취급을 받는 장르였다. 뭘 모르는 놈들의 헛소리다. 디스코만큼이나 세대를 아우르는 음악은 없다. 무엇보다 디스코는 춤추기 좋은 최고의 음악이다. 빠르고 경쾌한 리듬에 맞춰 리드미컬하게 몸을 움직이다 보면 스스로가 살아 있음을 강렬하게 느낄 수 있었다. 장영수는 역사의 뒤안길로 저물어가는 디스코텍의 매출을 올리기 위해 노력하는 눈물겨운 한 남자였다.

장영수가 가슴에 품은 남자는 존 트라볼타. 영화 〈토요일 밤의 열기〉를 몇 번이고 반복 재생하면서 그의 잘

생긴 얼굴과 매끈한 몸매를 감상했다. 무엇보다 압권은 영화의 중반부, 존 트라볼타의 환상적 독무. 뇌수를 파고드는 비트와 화려한 조명, 신들린 춤사위는 장영수의 심장을 뛰게 하기에 충분했다. 대학생이 되면 꼭 저렇게 화려한 셔츠와 나팔바지를 입겠다. 매일 밤 춤을 추겠다. 학생 장영수는 그렇게 다짐하며 책상 앞에 앉았다. 그러니까 그가 꾸준히 상위권 성적을 유지했던 것에는 존 트라볼타의 멋짐도 한몫했던 거다.

리듬에 맞춰 움직인다는 것, 그건 정직하게 인간을 표현하는 방식이다. 장영수는 다양한 곳에서 다양한 리듬을 발견했다. 새벽을 밝히는 미화원의 빗질에서, 똑딱거리는 시계의 초침에서, 출근하는 이의 발자국에서, 사랑하는 연인을 두고 요동치는 심장에서, 일상의 어디에나 리듬은 존재했다. 그건 어디서나 춤출 수 있다는 말과 같았다.

토요일 밤이면 장영수는 고복희를 끌고 디스코텍에 갔다.

"복희, 오늘도 고?"

디스코텍을 향하는 장영수의 옷차림은 못 봐줄 꼴이

었다. 번쩍번쩍 빛나는 까만 셔츠에 팔락이는 나팔바지를 입고 온갖 금붙이를 목이며 팔에 주렁주렁 매달았다. 체크 셔츠에 닳은 청바지를 입은 고복희와 일행임이 믿기지 않는 모습이었다.

당시 강남에서 장영수는 유명 인사였다. 입장과 동시에 알은체하고 댄스 플로어로 끌고 가려는 친구들로 넘쳐났다. 도나 서머의 목소리가 울려 퍼지면 플로어의 사람들은 같은 리듬에서 같은 박자로 몸을 움직였다. 팔을 휘두르면 다리가 따라간다. 하나-둘, 빰, 하나-둘, 빰, 규칙적인 리듬과 이따금 튀어나오는 당김음에 의식을 맡기는 것, 그게 춤이다. 현란하게 움직이는 장영수의 표정은 어느 때보다 환하게 빛났다.

장영수가 플로어에서 신나게 나대고 있을 때 고복희는 테이블을 지켰다. 고개를 까딱이거나 발장단을 치는 일 따위는 하지 않았다. 단지 앉아 있을 뿐이었다. 고복희를 잘 모르는 누군가가 "뭐 하세요. 얼른 나가서 놀아요." 하고 팔을 붙잡는다면 그 즉시 싸늘한 눈빛을 견뎌내야 했다. 고복희는 춤추는 걸 원치 않았다. 무대에 떨어진 테이블에서 춤추는 사람들을 쳐다볼 뿐이었다.

"주말마다 와서는 왜 저러고 있어?"

"영수 애인이래."

디스코텍의 직원들은 상반된 둘의 모습을 보며 절레절레 고개를 저었다. 어째서 둘은 연애를 하는 걸까. 양쪽 입장이 모두 이해가 안 가는 커플이었다.

깊은 밤 젊은 남녀가 모여 있는 곳에서는 자연스레 사랑이 싹트기도 했다. 응당 추근대는 사람도 있기 마련이다. 그러나 서로는 서로의 연인을 걱정할 필요가 없다는 것을 알았다. 먼 곳을 응시하며 테이블에 앉아 있는 고복희에게 슬그머니 다가와 맥주를 내미는 남자는 백이면 백 "죄송했습니다." 하고 사라지기 마련이었다. 고복희가 딱히 무슨 말을 하지 않았는데도 그랬다. 특유의 냉랭한 분위기를 감당할 수 있는 남자는 그 시절 강남에 존재하지 않았다. 의도한 것은 아니었지만 장영수 역시 그 나름의 철벽이 있었다. "정말 춤을 잘 추시네요." 하고 접근하는 여자의 말을 들으면 지나치게 흥분해서 온몸이 땀으로 젖을 때까지 팔다리를 움직였다. 애초에 누군가 말을 걸 틈도 주지 않고 정수리부터 발끝까지 멈출 생각을 하지 않았다.

캐릭터가 뚜렷한 둘은 자신들도 모르는 사이에 디스

코텍의 마스코트로 자리 잡았다.

"되게 꼿꼿하네. 영수 애인."

"저게 매력이야."

장영수는 고복희를 자랑스러워했다. 그녀의 사랑스
러움을 자기만 알고 있지 않겠다는 것처럼 굴었다.

디스코텍에서 볼 수 있는 풍경이 있다. 여럿이서 원
을 그리고 춤을 추다가 분위기가 무르익으면 가운데로
한 명을 밀어 넣는 것이다. 얼떨결에 춤판의 중심으로
들어간 사람은 거기서 뭐라도 해야지만 빠져나올 수
있었다. 원 밖의 사람들은 그가 민망하지 않도록 열렬
한 호응을 해주었다. 그럼 몸치도 용기를 얻고 손가락
으로 천장을 찔러대거나 엉덩이를 실룩샐룩 흔들었다.

음악이 절정을 향해 달려가면 어김없이 장영수는 고
복희를 붙잡아 등을 밀었다. 힘에 떠밀려 고복희는 원
안으로 한 발짝 들어갔다. 사람들이 손뼉을 치고 휘파
람을 불었다.

"고(Go), 복희! 고(Go), 복희!"

무표정한 얼굴로 춤판에 끼어든 고복희는 절로 어깨
를 들썩이게 되는 음악과 조명, 열띤 호응에도 손끝 하
나 움직이지 않았다. 사람들은 서로 눈치만 보다가 새

로운 희생양을 만들었다. 다음으로 지목된 사람은 처진 분위기를 끌어올리기 위해 갖은 노력을 다해야 했다. 목석같이 빳빳한 고복희를 놀려대며 핫핫 웃을 수 있는 유일한 사람은 장영수뿐이었다.

"언제까지 이럴 겁니까?"

"고복희가 춤출 때까지요."

디스코텍에서의 살벌한 핑퐁은 계속됐다. 직원은 그들을 두고 내기를 걸기도 했다. 장영수가 이길 것이냐. 고복희가 이길 것이냐. 항상 고복희가 이긴다 쪽이 압도적으로 많았기 때문에 내기는 번번이 무산됐다.

"세상에 춤추는 걸 싫어하는 사람은 없어요."

"있습니다."

"지금 마음속으로는 춤추고 있을걸요. 단지 부끄러울 뿐이에요."

"아닙니다."

"맞아요."

"아닙니다."

"맞아요."

맥주를 앞에 놓고 티격태격하다 보면 축축한 밤이 지나가는 것이 느껴졌다. 고막이 먹먹하고 코가 찡해지는 감각이었다.

아침이 밝아오면 춤은 끝난다. 사람들은 무거운 발걸음을 이끌고 현실로 돌아가야 한다. 뜨거운 토요일 밤은 서서히 저물어갔다. 그들의 아지트는 예전만큼 들뜬 분위기가 아니었다. 함께 춤추던 친구들도 하나둘 사라졌다. 고복희와 장영수는 졸업했고 서울을 떠나기로 마음먹었다.

4

인생을 좌우하는 결정은 생각보다 단순한 방식으로 이뤄진다. 고복희의 경우에는 조개구이였다. 명동의 후미진 골목에서 그녀는 운명과 같은 음식을 만났다.

맛있는 것을 사주겠다는 장영수 뒤를 따라간 것이 실수였다. 간판도 제대로 달려 있지 않은 가게는 뿌연 연기로 가득했다. 코가 빨간 아저씨들 몇 명이 왁자지껄 떠들고 있었다. 요란스럽게 건배하고 테이블을 탕탕 내리쳤다.

"접때 먹었던 걸루 주세요. 오란씨도 하나요."

자주 찾아왔던 듯 장영수는 주문에 익숙해 보였다. 덩치가 큰 사장님이 큼지막한 양푼에 조개 한 바가지를 내왔다. 장영수는 신이 난 얼굴이었다. 이건 가리비, 새조개, 백합, 이건 바지락……. 손가락으로 하나씩 가리키며 언제가 제철인지 어떻게 조리해 먹으면 맛있는지 떠들어댔다. 고복희 눈에는 다 똑같이 생긴 조개로 보였다. 하지만 이렇게 구별하는 것도 능력이다 싶어 그의 멈추지 않는 수다를 참을성 있게 들어주었다.

"나 바다 사나이잖아요."

장영수가 의기양양한 얼굴로 말했다. 그에게는 고향을 그리워하는 사람들이 가지고 있는 쓸쓸한 냄새가 났다. 가끔은 여독에 찌든 얼굴을 하기도 했다. 돌아가고 싶은 곳이 있다는 건 사람을 외롭게 만든다. 한쪽발은 저 멀리 두고 한쪽 발로만 현실을 살고 있으니까.

장영수는 목장갑을 끼고 지글지글 끓는 석쇠에 조개를 올려놓았다. 얼마 지나지 않아 조개는 입을 벌려 뽀얀 속살을 드러냈다. 알맞게 구워진 조갯살을 초장에 찍어 고복희의 입에 넣어주었다.

"맛있죠?"

쫄깃쫄깃한 조갯살을 씹으니 짭조름한 국물이 입 안가득 터져 나왔다. 매콤달콤한 초장과 어우러지는 완벽한 맛의 하모니였다. 장영수 말이 맞았다. 식감도 맛도 다 달랐다. 정신을 차려보니 테이블엔 조개껍데기만 나뒹굴고 있었다. 가지고 나올 때는 양이 상당해 보였는데 막상 먹을 것은 별로 없었다.

"더 먹고 싶어요?"

고복희가 얼른 고개를 끄덕였다.

"그치만 너무 비싸요."

장영수가 어깨를 으쓱해 보였다. 어쩌란 말인가. 그럼 더 먹겠냐고 물어보지나 말지. 고복희는 풀 죽은 표정으로 입맛만 쩝쩝 다셨다.

"군산에 살면 조개구이를 배 터지게 먹을 수 있어요."

"배 터지게……."

"거기가 얼마나 좋으냐면요. 뻘을 쥐기만 해도 백합이 우수수 떨어지거든요. 심심하면 나가 조개를 캐는 거예요. 집에 가져와서 구워 먹고 삶아 먹고 국수랑 죽도 끓이고."

생각만 해도 군침이 돌았다. 그의 입에서 나오는 군

산이라는 도시는 서울과는 전혀 다른 세계처럼 느껴
졌다.

"거기서 나랑 같이 살래요?"

장영수가 말했다. 아까부터 티격태격하던 아저씨 무
리 중 한 명이 자리에서 벌떡 일어났다. 바닥에 놓인
소주병이 데구루루 굴러 고복희 발끝에서 툭, 멈췄다.
쿵, 심장이 내려앉는 기분이었다. 자신에게 이런 순간
이 온다면 유원지의 빙글빙글 도는 회전목마나 파란
하늘이 얼굴로 쏟아지는 해변에서 벌어질 이벤트일 거
로 생각했다. 조개껍질이 수북이 쌓인 숯불 앞에서 땀
을 뻘뻘 흘리는 광경은 예상하지 못했다. 그러나 눈앞
에 놓인 남자는 머릿속에 그려왔던 그대로기에, 무심
결에 씹은 생당근의 달콤함이 혀끝을 맴도는 바람에,
고복희는 그만 고개를 끄덕이고 말았다.

5

같은 학교로 발령받았다는 사실을 알게 된 장영수는
그 자리에서 방정맞은 스텝을 선보였다. 어째서 학교

171

에 딱 국어 교사와 영어 교사의 자리가 비었는지 몰라도 장영수는 이것을 운명이라고 정의했다. 젊은 두 선생의 등장에 시골 중학교도 오랜만에 활기를 되찾았다. 이들이 연인임을 누구도 예상하지 못했다. 교무실에 청첩장을 돌렸을 때 동료 선생들은 모두 한 대 얻어맞은듯한 표정을 지었다. 모든 일이 빠르게 흘러갔다. 그들이 애써 고른 신혼집은 작았다. 얼마나 작았는가 하면 냉장고 한 대를 들여놓자 부엌이 꽉 차버릴 정도였다. 시어머니 대신 냉장고를 모시고 사는 격이라고 장영수는 웃어 보였다. 별로 재미있는 농담은 아니었다.

이 대책 없는 젊은 부부는 집을 구하기도 전에 냉장고며 텔레비전, 소파 같은 제품을 할부로 사들였다. 전자제품 매장의 판매원에 이끌려 신혼부부라면 모름지기 이것도, 저것도, 하다 보니 남들도 가지고 있는 가전제품을 몽땅 다 가지게 되었다.

"그 집에 그 짐을 다 놓을 거야?"

집주인이 입을 떡 벌렸다. 열두 평 남짓한 작은 집에 지나치게 과한 가구들이었다. 다시 생각해도 이해할 수 없다. 왜 가구를 먼저 샀을까. 공간의 면적을 재는 것이 먼저라는 당연한 사실을 간과했다. 집을 마련하는 건 둘 다 처음이었으니까.

먼저 살던 사람이 남겨놓은 흔적을 쓸고 닦은 후에 블록 쌓듯 가구를 배치하니 제법 사람 사는 집 태가 났다. 냉장고와 소파가 빈틈없이 붙어 있어도, 볕이 제대로 들지 않는 셋방이라도 좋았다. 그들이 함께 이룩한 첫 번째 공간이었다.

일을 그만두고 싶을 때마다 고복희는 집에 놓인 가전제품들을 떠올렸다. 초록색 냉장고와 베이지색 소파가 어른거리면 직장 생활의 온갖 부당함을 참아낼 수 있을 것 같았다. 물론 생각에 그칠 뿐, 진짜로 참아내진 못했지만.

"선생님은 말투가 왜 그래요?"

학생 하나가 손을 번쩍 들고 외쳤다. 사십 명의 아이들이 동시에 빵 터졌다. 한순간에 웃음거리가 된 고복희가 교단에 멀뚱히 서 있었다.

"서울 사람이라 그래."

"아니야. 쟤도 서울에서 전학 왔는데 우리랑 똑같잖아."

"로보트라는 소문이 있어."

"멍청아, 로보트가 어떻게 영어를 해."

"멍청아, 로보트는 미국에서 만드니까 당연히 영어를 잘하지."

한 명이 물꼬를 트자 기다렸다는 듯 모두 시끄럽게 굴었다. 이게 정녕 중학생의 대화란 말인가. 대한민국의 미래가 심히 걱정되는 고복희였다. 출석부로 교탁을 내리치자 와글와글하던 교실이 일순간 조용해졌다.

"수업과 상관없는 질문입니다."

"그럼 진짜로 질문할게요."

다른 학생이 껄렁대며 자리에서 일어났다.

"영어로 '이상한 서울 말투'는 뭐라고 해요?"

또다시 깔깔깔.

고복희는 분필을 잡고 칠판에 '이상하다'와 상응하는 영어 단어 열 개를 써 내려갔다. disorder, strange, odd, weird, unusual, wrong…… 서울 말투는 번역하자면 "Seoul accent" 정도가 되겠다고 설명했다. 번외로 수상하다, 놀랍다, 괴상하다, 기묘하다, 특이하다, 유별나다, 특별하다, 신기하다와 같은 단어를 빼곡하게 적어갔다. 다음 시간에 이것과 관련된 단어 시험을 보겠다고 말했다. 사십 명의 얼굴이 동시에 일그러졌다. 드디어 모두 입을 다물었다. 사각사각 연필 소리만이 교실을 채웠다. 단순하고도 성가신 족속이다. 고복희는 고개를 절레절레 저었다.

학생들이 고복희를 싫어하는 건 당연한 수순이었다. 그렇지 않아도 재미없는 영어다. 숙제를 산더미처럼 내주고 틈만 나면 쪽지 시험을 보는 선생을 좋아할 학생이 어디 있겠는가. 수업 내내 농담 하나 던지지 않았다. 정확한 목표량을 지켰고 시간에 딱 맞춰서 끝냈다. "중간고사도 끝났으니 비디오를 보자"는 학생의 말에 한 시간짜리 영어 강의를 틀어주기도 했다. 짓궂은 질문을 하면 정석적인 대답만 돌아왔다. 감정이라곤 눈곱만큼도 없는 사람 같았다.

고복희에게 데면데면하게 구는 아이들은 장영수 앞에선 프로펠러처럼 꼬리를 흔들었다. 장영수는 명실상부 학교에서 제일 인기가 많은 선생이었다. 짱 좋은 선생님이라는 의미의 '짱쌤'이라는 별명까지 있었다.

"짱쌤이랑 영어는 어떻게 부부일 수가 있지?"

"짱쌤이 약점 잡힌 거 아닐까?"

"그게 아니면 납득이 안 된다."

"불쌍한 짱쌤……."

학생들 사이엔 '장영수 수호대'도 있는 모양이었다. 표면적으론 여학생으로 구성되었지만 사실 꽤나 많은 남학생도 수호대에 속해 있었다. 그들에게 고복희는 가련한 짱쌤을 붙잡고 있는 사악한 마녀나 마찬가지였다. 교무실 책상에 '집에서 짱쌤을 괴롭히지 말라'는 구구절절한 편지를 올려놓기도 하고 칠판에 '놓아주세요! 우리 짱쌤을!' 하고 써놓기도 했다.

장영수는 좋은 선생이었나. 확언할 수 없다. 이상한 선생이었다는 것만큼은 확실하다. 이해할 수 없는 짓만 골라 했다. 국어 선생인 주제에 철 지난 비지스 노래를 틀어주지 않나, 뜬금없이 디스코 경연 대회를 열기도 하고, 어느 봄날 학생들을 데리고 놀이동산으로 훌쩍 떠나버려 사표를 내야 하는 상황에 이른 적도 있다.

고복희는 장영수를 이해할 수 없었다. 사람은 하고 싶은 것만 하면서 살 수 없다. 다양한 것들을 고려하면서 살아야 한다. 못된 일을 해서도 안 되고, 남에게 피해가 가는 행동을 해서도 안 된다. 정직해야 하고 원칙을 지켜야 한다. 장영수는 이 모든 것에서 비켜간 사람인 것처럼 보였다.

장난만 치는 것 같은 장영수가 진지해질 때가 있었다. 아이들을 위한 일에 나설 때면 더욱 그랬다.

"부모는 자식이 뜻대로 행동하지 않으면 죄책감을 심어줘요. 먹이고 길러준 은혜를 그런 식으로 갚느냔 거죠. 키워준 대가를 지불하라는 거나 마찬가지예요."

장영수는 교단에 서서 학생들의 눈빛 하나하나를 응시했다.

"여러분은 자신이 뭘 좋아하는지, 어떤 걸 하고 싶은지 찾으세요. 어른들은 그걸 반항이라는 단어로 매도하죠. 여러분은 반항아가 아니에요. 자유에 가까워지고 있을 뿐이에요."

장영수는 자유라든가 행복, 평화나 사랑 같은 추상적인 단어를 붙잡고 어떻게 하면 그것을 자신의 것으로 만들 수 있는지 고민하는 사람이었다. 문학을 전공해서 그런 것이 분명했다. 고복희는 문학이 싫다. 자신이 왜 영문학을 전공했는지도 모르겠다. 세상에 실질적인 도움이 되는 건 수학이나 과학이다. 시나 소설에는 사람의 마음을 불안하게 만드는 요소가 다분하다. 순식간에 들어와 감정을 난도질하고 도망가 버린다. 명확한 답을 내려줄 것도 아니면서.

고복희 선생을 좋아하는 특이한 취향의 학생도 몇 있었다. 너무 소수라 태가 나지 않았지만 분명 존재했다. 그들이 고복희를 좋아하는 이유는 하나였다. 고복희 눈에 학생은 다 같았기 때문이다. 공부를 잘하든, 못하든, 부잣집 자제든, 불량배든, 똑같이 학생1, 학생2, 학생3, 학생4……로 분류되었다. 누구에게 딱히 잘 해주거나 못 해주지 않았다. 단지 성가셔할 뿐이었다.

이나리가 대표적인 예다. 그녀는 친구들 사이에서 괴짜 취급을 받았다. 어두침침한 인상에 덥수룩한 앞머리, 누런 소매 깃을 가진 애였다. 실수로 어깨가 부딪히기라도 하면 "아 벌레 옮았다." 하고 낄낄 조롱받는 그런 부류. 익숙한 일이기에 상처받지도 않았다. 아니, 상처받지 않기 위해 익숙한 척했다.

그 나이대 애들이 으레 그렇듯 이나리 역시 러브스토리에 관심이 많았다. 점심시간이면 이나리는 교실에 홀로 남아 소설을 읽었다. 하루 중 가장 행복한 시간이었다. 주로 읽는 건 보이즈 러브, 흔히 BL이라고 부르는 소설류였다. 이나리는 여자 주인공 없는 소설에 끌렸다. 얼굴이 귀엽고 성격이 사랑스러워 누구에게나 사랑받는 여자 이야기는 이입하기가 영 힘들었다. 남자와 남자가 사랑하는 모습을 보는 게 편했다. 멀찍이 떨어져 그들을 관찰하다 보면 가슴이 두근두근 울렁울렁했다.

소설에 빠져 허우적대고 있었다. 일찍 점심을 먹은 남자애 둘이 교실 문을 열고 들어왔다. 이나리는 화들짝 놀라 책상 밑으로 소설을 감췄다.

"뭐 보냐?"

쉬는 시간마다 운동장에서 공을 차는, 축구에 환장했나 싶은 둘이었다. 한 명이 이나리의 팔을 붙잡았다. 성장기 남자애를 이기기에 이나리의 힘은 턱없이 부족했다. 책을 낚아챈 남자애가 뜨악한 표정을 지었다. 소설책 표지에는 반쯤 벗은 드라큘라가 연약하게 젖은 소년의 목덜미를 물고 있는 일러스트가 그려 있었다.

"미친. 이거 남자랑 남자냐? 완전 변녀네."

"더러워. 웩."

"우리 반 남자애들로 이런 상상하는 거 아니냐?"

내가 왜 그런 상상을 해. 너희는 못생겼잖아. 대꾸하고 싶었지만 아무 말도 나오지 않았다. 입을 꾹 다문 채 얼굴만 점점 빨개졌다. 곧 있으면 급식을 다 먹은 애들이 몰려올 것이다. 앞으로 얼마나 더 끔찍한 일이 벌어질까. 이나리는 허공을 향해 손을 뻗었다.

"돌려줘."

"돌뤄줘."

남자애가 이나리를 따라 하며 책을 흔들어댔다. 소년의 곧은 목덜미가 눈앞에서 팔락팔락 움직였다. 얼굴이 터질 것만 같았다. 이나리는 벌떡 자리에서 일어나 후닥닥 복도로 뛰어나갔다. 남자애 둘은 지치지도 않고 낄낄대며 따라 나왔다. 복도에서 이상한 추격전이 벌어졌다. 셋은 앞머리를 휘날리며 열심히 복도를 뛰다가 동시에 멈출 수밖에 없었다. 점심 식사를 마친 고복희를 마주했기 때문이다.

"복도에서 뛰면 안 된다고 분명 말했습니다."

정말이지 지긋지긋하다는 얼굴의 고복희였다. 이나리는 눈물을 뚝뚝 흘리고 있었다. 남자애들은 머쓱한 얼굴로 바닥만 내려다봤다.

"실컷 달리고 싶다면 운동장에 가면 됩니다."

"아니. 얘가 이상한 걸 보잖아요."

남자애들은 고자질하듯 고복희에게 책을 내밀었다.

"이상한 걸 보는 거랑 복도에서 뛰는 거랑 무슨 상

관입니까?"

고복희의 당연한 말에 남자애들이 입을 다물었다.

"셋 다 벌점입니다. 교무실로 따라오십시오."

세 학생은 교무실에서 학생주임에게 잔소리를 들었다. 그 와중에도 이나리의 신경은 고복희의 책상을 향해 있었다. 뭐라고 할까. 더러운 걸 본다고 혼내겠지. 부모님을 소환하면 어떡하지. 오후의 수업이 어떻게 지나갔는지도 몰랐다. 종례가 끝나고도 자리에 한참 앉아 있다가 맨 마지막으로 교실을 나섰다. 복도에서 고복희가 기다리고 있었다. 무덤덤한 얼굴이었다. 아까는 경황이 없었노라고 말하며 책을 돌려줬다.

"왜 압수 안 해요?"

이나리의 말에 고복희가 의아한 표정을 지었다.

"나리 학생이 돈 주고 산 것을 제가 무슨 자격으로 압수합니까?"

"이상한 소설이잖아요."

"원래 소설은 다 이상합니다."

그게 끝이었다. 고복희는 뒤돌아 교무실로 향했다. 그날 이후 이나리는 고복희의 태도를 주시했다. 로봇이라는 별명이 왜 붙었는지 알겠다 싶었다. 정말 똑같은 사람이었다. 이나리를 대하는 태도에서 미묘하게 달라진 구석도 없었다. 굳이 더 챙겨주지도 그렇다고 무시하지도 않았다. 짱쌤같이 눈에 보이는 친절은 없지만, 뭐랄까, 사람에 대한 기본적인 예의가 느껴졌다. 그 모습은 이나리에게 굉장한 다정함으로 다가왔다.

우여곡절 끝에 드디어 중학교를 졸업하는 날, 이나리는 고복희를 찾아갔다.

"그간 감사했습니다."

직접 만든 초콜릿을 내밀고 얼굴이 빨개진 채로 후닥닥 도망갔다. 하트 모양의 초콜릿 상자를 받아든 고복희는 얼떨떨했다. 그러다 고개를 끄덕였다. 아, 장영수 팬이군. 그렇게 생각하며 빠르게 퇴근을 준비하는 고복희였다.

6

고복희 부부는 방학이면 가까운 도시로 여행을 떠나곤 했다. 여름에는 집에 있는 날보다 밖에 나와 있는 날이 더 길었다. 그날도 마찬가지였다. 고복희와 장영수는 인적 드문 섬에서 일주일을 머물렀다. 그들은 해변에 앉아 부서지는 파도를 바라보았다. 태양과 하늘과 바다 그리고 새하얀 모래가 세상의 전부였다. 옅은 바람이 불자 장영수의 머리칼이 흩날렸다. 그때 고복희는 생전 느껴본 적 없는 감정을 느꼈다.

"여름은 너무 짧아요."

모래가 발가락 사이로 끼어들어 간지러웠다. 따뜻하고 기분 좋은 햇볕이 살갗에 내려앉았다.

"우리 퇴직하면 남쪽 나라에서 살까요?"

장영수가 중얼거렸다.

"남쪽 나라?"

"항상 여름인 곳이요."

"싫습니다."

"하긴, 복희는 더위를 잘 타니까."

"왜 이상한 소리만 합니까?"

"에이, 내가 보기엔 복희가 더 이상해요."

딱히 틀린 말도 아니라 고복희는 아무 대답도 하지 않았다.

"나는 복희가 이상한 사람이라 좋아요."

햇살 아래서 장영수의 눈동자가 반짝반짝 빛났다.

"그때도 그랬어요. 선배들 말에 아무 대꾸를 않다가 겁쟁이라는 소리에 버럭 고함을 질렀잖아요. 나는 그렇게 이상한 사람을 처음 봤어요."

"그놈들은 겁쟁이였습니다."

"그럴지도 모르죠."

"한심한 겁쟁이들이나 몰려다니는 겁니다."

"세상을 바꾸고 싶다는 열망이 있었으니까. 좀 봐줘요."

"왜 그놈들과 어울렸습니까?"

"나도 겁쟁이니까."

"아닙니다."

"맞아요."

"아닙니다."

"나는 지독한 겁쟁이예요. 세상이 무섭거든요. 더 무서운 건 그 괴물에 내가 잡아먹히는 날이 올 것 같아서. 진짜 중요한 게 뭔지 잊어버릴 것만 같아서."

"정신을 똑바로 차리고 살면 됩니다."

하하, 장영수가 작게 웃었다.

"복희 말이 맞아요."

그게 우리의 숙명이니까. 무슨 일이 있어도 늘 똑바

로 걸어가는 것.

장영수가 자리에서 일어났다. 모래 알갱이가 후드득 떨어졌다. 고복희의 손을 잡고 천천히 일으켰다. 바닷바람이 모자를 채갔다. 꽃 모양의 브로치가 달린 모자는 허공을 떠다니다 바다에 풀썩 내려앉았다. 장영수가 바다로 성큼성큼 걸어 들어갔다. 파도가 일렁이며 그의 몸 구석구석을 적셨다. 모자는 이제 막 자유를 얻은 선원처럼 까마득한 바다를 향해 두둥실 떠내려가고 있었다.

"내 속도로는 도저히 따라잡을 수 없네요."

온몸이 젖은 장영수가 모래사장 위에 벌러덩 드러누웠다. 파란 하늘이 자신을 향해 쏟아지는 것을 느끼며 그는 힘이 빠진 팔다리를 아무렇게나 늘어놓았다. 쨍쨍하던 하늘에 먹구름이 끼기 시작했다. 후텁지근한 바람이 날카롭게 파고들었다. 빗방울이 정수리에 한두 방울씩 떨어졌다. 해가 완전히 가려졌다.

소나기였다.

당황한 고복희가 양손으로 허둥지둥 정수리를 가렸다. 두리번대며 발을 동동 굴렀다. 빗줄기는 점점 더 거세졌다. 잔잔하던 파도가 거칠게 몰아치기 시작했다. 고복희는 어깨를 수그리며 몰아치는 비바람에 질끈 눈을 감았다.

"하하하하."

장영수가 배꼽을 잡고 웃어대기 시작했다.

"미쳤습니까?"

고복희가 버럭 소리를 질렀다.

"이리 와요."

장영수는 고복희를 껴안았다. 거칠게 뛰는 심장소리가 들렸다. 얼마간 그들은 그렇게 서 있었다. 고복희는 느낄 수 있었다. 장영수는 쏟아지는 폭우를 온몸으로 기꺼이 맞을 준비가 되어 있는 사람이었다. 빗방울 때문에 눈꺼풀이 묵직했다. 차가워진 몸에 옷이 들러붙었다. 빗방울이 대지에 부딪히는 소리, 파도가 몰아치는 소리, 공기가 떨리는 소리. 이 모든 소리가 지구의 리듬이었다. 장영수가 고복희의 손을 잡고 멀리 내보냈다가 가까이 당겼다. 젖은 백사장에 발이 푹푹 빠졌다. 그들은 천천히 한 발짝씩 움직였다.

춤이었다. 둘이서 추는 춤.

해가 떠올랐다. 여름 햇빛 아래서 그들은 젖은 몸을 말렸다. 장영수는 몸을 반쯤 일으켜 푸른 수평선을 응시했다.

"아버지는 어째서 이렇게 풍요로운 바다를 아무렇지 않은 것으로 여길까요."

장영수의 아버지는 군산 시청에서 근무했다. 그는 절대로 아들을 이해하지 못했다. 더 나은 사람이 되어야 한다. 성공한 사람이 되어야 한다. 돈을 많이 버는 사람이 되어야 한다. 그게 너와 너의 처자식을 위하는 일이고 이 애비를 위한 길이다. 장영수가 요란스러운 셔츠에 나팔바지를 입는 모습을 보면 얼굴을 찌푸리며 고함을 질렀다. 한심한 놈. 중요한 게 뭔지 모르는 놈.

고복희는 손을 뻗어 장영수의 얼굴을 만졌다. 이마부터 시작해 코와 입술 턱까지 천천히. 장영수가 고복희의 가느다란 손가락을 움켜쥐었다.

"우리 약속 하나만 해요."

뜨거운 햇빛 아래 그의 볼은 둥글고 발그스레했다.

"절대로 사라지지 말아요. 무슨 일이 있더라도 끝까지 남아요."

복잡한 표정을 짓고 있는 장영수에게 고복희가 해줄

수 있는 거라곤 그저 고개를 끄덕이는 것뿐이었다.

"누구도 우리를 망하게 할 순 없어요. 세상에 감히 그럴 수 있는 사람은 없어요."

그의 몸은 단단했고 표정은 파릇파릇한 잎사귀 같았다.

"상상력 없는 인간은 죽은 거나 마찬가지예요."

8월이 지나가는 중이었다. 장영수가 고복희의 손등에 입을 맞추었다.

"우리는 그러지 마요. 복희, 매일 새로운 꿈을 꿔야 해요. 그래야만 해요……."

7

전라북도 군산, 김제, 부안의 앞바다를 연결하는 방조제를 건설하고 간척지를 만들겠다는 계획은 대통령 선거에 출마한 후보자의 공약으로부터 시작되었다. '한반도의 지도를 바꾼다'는 캐치프레이즈는 너무도 웅장해서 정말 우리나라가 완벽하게 뒤바뀔 것 같았다.

새만금 간척은 이전부터 차근차근 준비해오던 사업

이 아니다. 다양한 환경, 경제 인사들은 이 사업의 미래를 실패로 확신했다. 그러나 정치인들은 약속했다. 농경지 조성, 수자원 확보, 지역경제 활성화, 일자리 확대……. 방조제 조성은 새로운 대한민국의 신호탄인 것처럼 보였다.

"발전? 자연히 흐르는 물을 막으면서 꿈꾸는 발전은 대체 뭐란 말이에요."

장영수는 분노했다. 바다는 누구의 것도 아니다. 바다는 단지 바다일 뿐이다. 멀쩡한 갯벌을 막는 사업은 이후에도 지속해서 정치인들의 승리를 위한 공약으로 소비되었다. 대선에서, 총선에서, 지방선거에서, 노태우, 김영삼, 김대중…… 하나같이 똑같은 소리였다.

"새만금이 살아야 전라북도가 삽니다. 제가 당선되면 확실히 밀어붙이겠습니다."

새만금 갯벌은 한반도 전체 갯벌의 10퍼센트를 차지하는 주요한 공간이었다. 물막이 공사가 진행되고 바다 물길이 막히면서 갯벌이 썩기 시작했다. 갯벌에 서식하는 생물이 집단으로 폐사했다. 갯벌만이 아니었다. 어류, 철새 그리고 사람들까지도 삶을 지속할 수 없었다. 배는 본연의 기능을 잃은 채 바다로 나아가지 못하고 정박해 있어야 했다. 맨손으로 어업에 종사하던 어부들은 일용직 노동자로 도시를 전전해야 했다. 많은 생명이 삶의 터전을 떠나야 했다. 한순간에. 너무도 무력하게.

그야말로 멍청한 사업이었다. 새로운 땅을 얻어봤자 죽은 토지나 마찬가지였다. 농업용 토지로 쓰기 위해서는 염분이 빠질 때까지 기나긴 시간이 필요했다. 수질 역시 농업용으로 쓰기에 적합하지 않았다. 설상가상으로 쌀 시장이 개방되었다. 세계화의 물결은 억지로 틀어막는다고 해서 막히는 것이 아니었다.

세금 낭비와 환경 파괴라는 비판이 거세지자 정부는 환경친화적 재생 에너지를 만드는 사업을 하겠다는 말을 늘어놓았다. 멀쩡한 땅을 들쑤셔놓고 환경보호를 위한 일을 하겠다니. 그 외에도 공업용 토지, 레저, 심지어 카지노를 세우겠다는 이야기까지 나왔다. 그렇게 많은 생명을 죽여놓고 생각한단 것이 기껏 그 정도였다.

정부와 주민들의 법적 다툼이 시작되었다. 장영수는 단 한 번도 농성에 빠지지 않았다. 이것은 서울에서 대학을 마친 장영수가 다시 군산으로 돌아온 이유였다.

그는 자신의 고향이, 자라왔던 터전이, 이렇게 멍청하게 짓밟히지 않기를 바랐다.

새만금 사업에 대한 최종 판결이 예정되어 있었다. 사람들은 공사 반대 운동에 더욱 박차를 가했다. 매서운 추위에도 아랑곳하지 않았다.

"나는 여서 자식새끼들 멕이고 입히고 공부까지 다 시켰다. 잡것들이 뭐라고 우리를 내쫓느냔 말이여."

마이크를 잡은 어민은 여든 살 생일을 앞둔 할머니였다. 그녀는 머리에 빨간 띠를 두르고 목이 터져라 부르짖었다.

"이게 국민을 위한 길이냐. 국민을 호구로 보는 호로자식들아. 느그들 배만 불리는 사업 당장 때려치워라."

정부에 요구하는 것은 간단했다. 갯벌을 막지 마라. 우리를 있는 그대로 놔둬라.

"어떤 것도 생명보다 소중한 것은 없습니다. 그걸 아셔야 합니다."

종교 지도자의 연설이 끝난 뒤 한 할아버지가 벌떡 일어났다.

"윗대가리 놈들은 우리를 괴기나 잡는 시골 늙은이

로 취급한단 말이오. 그런데 내가 보기에는 세상에서 가장 멍청한 놈들이 그놈들이오. 새로운 땅을 만든다고 하는데 갯벌도 땅이란 말이요. 버젓한 생명이 살고 있는 땅이란 말이요. 것도 모르는 놈들이 정치한다고 나대?"

땅. 그것은 생명이 발붙이고 사는 공간. 노인이 투박한 말투로 외치는 말은 장영수의 가슴을 날카롭게 찔렀다.

"어차피 죽을 목숨, 바다에서 죽고 잡다."

"갯벌이 느그 땅이냐."

"호랭이가 물어갈 놈들. 느그는 절대 회 먹지 마라. 더러운 돈만 처먹고 살어라!"

농성에 참여한 어민 중 대다수는 노인이었다. 장영수는 그들을 살뜰히 보살폈다. 담요나 핫팩, 뜨거운 물을 나누었고 몸이 불편한 어른들은 승용차로 모셨다. 자리를 지키며 궂은일을 도맡아 했다. 장영수는 눈에 띄게 수척해갔다. 그러나 자신의 몸을 돌볼 틈이 없었다. 정말 중요한 건 따로 있었으니까. 입을 오물거리던 노인이 장영수의 얼굴을 빤히 쳐다봤다. 그러곤 자신의 목도리를 벗어 그의 얼굴에 돌돌 말았다. 두 눈만 빼꼼히 나온 형태가 된 장영수는 눈꼬리가 휘어지게 웃었다. "형님이 여그 선생님 잘생긴 얼굴 다 가려놓네." 누군가 말하자 노인이 버럭 화를 냈다. "따뜻한 게 제일이여. 따뜻한 게 제일." 그녀는 단호하게 고개를 끄덕이며 장영수를 향해 충고했다.

"우아기 단단히 챙겨 입고 다녀. 요새 얼굴이 통 말이 아니여."

"할머님도 건강하셔야 해요. 물막이 공사 멈추는 거 보셔야죠."

"고럼. 내가 다른 것은 몰라도 그거 하나는 똑똑히 보고 죽을 것이여."

2006년 3월 16일, 대법원은 정부의 손을 들어주었다. 무분별한 파괴를 지속하라는 판결이나 마찬가지였다. 이제껏 당연하게 지구에서 살아오던 생명이, 후손들이 누려야 할 미래가, 와르르 무너져 내렸다. 장영수는 자리에 주저앉아 눈물을 흘렸다. 그것은 일종의 부끄러움이었다. 인간이 인간다운 삶을 살게 하는 것보다 더 중요한 것이 있다고 믿는 정부에 대한. 눈앞의 손실만 바라보는 데 급급한 법원에 대한. 명백한 오판을 받아들일 수밖에 없는 나약한 자신에 대한.

 교무실에 놓인 텔레비전에서 뉴스가 흘러나왔다. 의
자에 뻣뻣하게 앉은 선생 중 하나가 비아냥댔다.
 "어민들은 보상금 받았다며?"
 "그게 보상이 된다고 생각합니까?"
 발끈한 고복희가 소리를 내질렀다.
 "칼을 뽑아 들었는데 무라도 썰어야 않겠어? 이거
난장으로 벌여놓은 것 보라고. 인제 와서 끝, 공사 안
합니다, 말이 돼?"
 "먼 미래를 내다보면 지금 멈춰야 합니다."
 "고 선생은 경제를 모르네."
 그가 어깨를 으쓱해 보였다. 등신 같은 놈. 저딴 이
야기를 지껄이는 놈도 선생이랍시고 교무실에 앉아 있
다니. 세상이 말세다. 고복희는 책상에 놓인 참고서로
놈의 머리를 후려쳤다.
 "악, 미쳤어?"
 머리를 쥐어 싸고 엄살을 떨던 선생이 교감을 향해
쪼르르 달려갔다. 그래, 일러라, 개자식아. 너 같은 놈
들은 평생을 남에게 빈대처럼 붙어서 살아갈 거다. 고

복희는 턱을 치켜들고 일름보의 꽁무니를 노려보았다.

"고 선생님은 대체 뭐가 문젭니까?"

교감이 한숨을 푹 쉬었다. 고복희는 이리저리 끌려 다니며 잔소리를 들었다. 시말서도 써야 했다. 다행인지 불행인지 학교에서 잘리지는 않았다.

고복희는 장영수와의 저녁 식사 자리에서 무식한 선생의 대가리를 후려친 모험담을 늘어놓았다. 과장을 섞어가며 머리에서 피가 철철 흐른 것 같다고 너스레를 떨었다. 장영수는 조용했다. 억지로 미소를 지어 보일 뿐이었다. 죽어가는 건 바다뿐만이 아니었다. 정신과 육체 모든 면에서 장영수는 한계에 달해 있었다.

8

한밤중에 울리는 전화는 날카로운 불안을 동반한다. 고복희는 잠시 숨을 고르고 수화기를 들었다. 다음은 기억나지 않는다. 거대한 소음을 뿜어내는 차들과 어깨를 밀치고 지나가는 사람들에 섞여 달려갔고 정신을 차려보니 소독약 냄새가 진동하는 병실이었다.

"응급 처치 받으셨어요. 괜찮으실 거예요."

장영수는 곤히 잠들어 있었다. 눈 주변이 퀭하고 볼이 푹 꺼진 것이 육안으로도 보였다. 언제부터였을까. 그들의 일상에 금이 가기 시작한 것은. 고복희는 창 쪽으로 고개를 돌렸다. 가로등의 불빛이 깜박이고 있었다. 내 잘못이다. 그런 생각이 들었다. 흐트러진 마음은 점점 더 분명해졌다. 뭔가 잘못되고 있다고 느꼈다. 그러나 고복희는 시간을 흘러가는 대로 내버려두었다. 장영수는 그의 세계에서 가장 중요하다고 여기는 일을 할 뿐이었다. 타인의 소중한 것을 부러뜨릴 자격은 없다. 그건 그녀의 삶의 원칙이었다.

하지만, 만약에.

멍청한 세상과 싸우는 그를 말렸더라면. 그랬다면 상황은 달라졌을까. 어떤 복선도 전조도 없었다. 아니다. 돌이켜보면 그것은 항상 도사리고 있었다. 바보처럼 눈치채지 못했을 뿐이다.

장영수가 입원했다는 소문이 어떻게 돌았는지 몰라도 병원은 병문안 오는 사람들로 인산인해를 이루었다. 접수처 간호사가 혀를 내두를 정도였다. 특히 중학생들의 행렬이 끊이지 않았다. 간호사는 교복 입은 학생만 보면, 아 장영수 쌤? 305호, 하고 자동응답기처럼 답했다. 중학생뿐 아니라 고등학생, 대학생, 한참 전에 졸업한 아이들까지도 찾아왔다. 꼭 양손 가득 뭔가를 들고 왔다. 캐릭터 인형, 줄줄이 엮은 사탕이나 과자 꾸러미, '짱쌤 힘내세요. 우리가 있잖아요.' 피켓, 롤링 페이퍼 같은 깜찍한 것들이었다.

"선생님 아프지 마세요. 저희한테는 건강이 제일이라고 튼튼하게만 자라라고 하셔놓고. 왜 선생님이 아프고 그래요."

"모순이세요."

"진짜 배신이에요. 짱쌤."

우는 흉내를 내며 병실 문을 박차고 들어오는 학생들에게서는 은은하게 꽃향기가 났다. 병원 특유의 텁텁함을 한순간에 날려주는 상큼함이었다. 아이들의 기운 덕분인지 그때만큼은 장영수도 멀쩡하게 기운을 차렸다.

"그간 미처 못 해준 이야기가 있다. 내가 너희들 불량식품 먹으면 혼내고 그랬지. 그냥 먹어라. 먹을 수 있을 때 맘껏 먹어. 참고로 내 추천 음식은 조개구이야."

"쌤 조개 먹고 싶어요?"

"그래."

"하필이면 해산물이야. 그건 여기로 가져올 수도 없잖아요."

"너희들이 내 몫까지 먹어. 간장 말고 초장 찍어서 먹어라."

방문객은 중학생뿐 아니었다. 지팡이에 몸을 의지하는 노인 양반들도 찾아왔다. 함께 물막이 공사 반대 운동을 했던 어민들이었다.

"내가 우아기 잘 챙겨 입으라고 그렇게 말했는데. 추운 데서 백날 천날 고함을 지르니 병이 나지. 병이 안 나고 배겨."

할머니는 신문지 꾸러미를 내밀었다. 찐 고구마였다. 훈김이 빠져나갈까 가슴팍에 단단히 여미고 병원까지 가져온 것이었다.

"뜨끈뜨끈할 때 묵어."

할머니는 고구마를 반절로 갈라 장영수와 고복희의 손에 하나씩 들려주었다. 그녀의 거칠한 손톱 아래로 샛노란 고구마 속살이 묻었다.

"저 군산에서 파는 잠바 중 제일 두꺼운 거로 입었어요."

"잠바로 되간? 내복을 두 개씩 껴입었어야지."

"그걸 몰랐네."

"자기 자신이 가장 중요허지. 다른 것이 뭐가 중요하당가. 시끄러운 세상 신경 끄고 살어. 앞으로는 본인만 생각하고."

장영수는 겸연쩍은 웃음으로 답했다. 에휴, 쯧쯧, 할머니는 혀를 차면서도 걱정을 멈출 줄을 몰랐다. 병실 창문을 단단하게 잠그고 병원복 위에 스웨터, 잠바, 목도리까지 꽁꽁 매는 걸 확인하고 나서야 자리에서 일어났다.

동료 선생, 대학 동기, 학부모, 환경 운동가, 슈퍼마켓 주인과 음반 가게 사장까지 모두 장영수 얼굴을 보러 왔다. 그들은 입을 모아 말했다.

"괜찮아지실 거예요. 선생님처럼 좋은 분은 분명 하늘이 도와줄 거예요."

많은 이들의 바람에도 불구하고 장영수의 상태는 호전되지 않았다.

9

낮이 이렇게나 길다는 것을 이전에는 몰랐다. 고복희는 조바심이 났지만 최대한 느긋해 보이려고 노력했다. 그녀는 남편의 변화를 누구보다 가장 잘 이해하고 있었다. 그의 검게 죽은 입술 사이로 마른 숨이 새어 나왔다.

"복희."

그가 그녀의 이름을 발음했다.

"노래 좀 틀어줄래요?"

장영수가 자신의 귀에 손바닥을 가져다 댔다. 언젠가부터 장영수는 조용한 것을 못 견뎌 했다.

거실의 책꽂이 한 면은 LP와 CD로 빼곡히 차 있었다. 장영수가 모아온 것들이었다.

그들 부부는 차근차근 앞을 향해 나갔다. 엉망진창 다세대주택에서 복도식 아파트로, 월세에서 전세로, 지금의 신식 아파트까지 도달하기 위해 열심히 일했다. 그 결과 벽걸이형 텔레비전을, 양문형 냉장고와 최신형 커피 머신을, 한층 세련된 벽지와 침대를 지니게 되었다. 이것을 원했기에 일했던 걸까.

고복희는 레코드판을 하나 골라 침실로 가지고 들어
왔다. 턴테이블에 레코드판을 얹었다. 전주가 흘러나
오자 장영수가 희미한 웃음을 지었다. 그가 가장 사랑
하는 노래였다.

I know your eyes in the morning sun

I feel you touch me in the pouring rain

And the moment that you wander far from me

I wanna feel you in my arms again

아침 햇살 속 당신의 눈을 알아

쏟아지는 빗속에서 당신의 손길을 느껴

당신이 내게서 멀어지는 그 순간

내 품에서 다시 당신을 느끼고 싶어

And you come to me on a summer breeze

Keep me warm in your love then you softly
leave

And it's me you need to show

How deep is your love

당신은 여름 바람을 타고 내게로 와서

사랑의 온기를 전해주고 떠나

그러니 내게 보여줘

당신의 사랑이 얼마나 깊은지

I really mean to learn

Cause we're living in a world of fools breaking

us down

You're the light in my deepest darkest hour

You're my saviour when I fall

난 알고 싶어

우리는 우리를 무너뜨리는 바보 같은 세상에 살고

있으니까

당신은 나의 가장 어두운 시간 속의 빛

쓰러질 때 나를 구원해주는 존재

And you may not think I care for you

When you know down inside that I really do

And it's me you need to show

How deep is your love

내가 당신을 사랑하지 않는다고 생각할 수도 있어

마음 속 깊은 곳에서는 내 사랑을 알면서도
그러니 당신의 사랑이 얼마나 깊은지
보여줄 사람은 바로 나야

음악은 중년 부부를 데리고 과거로 향한다.

그들이 처음 만났던 대학 도서관 뒤편으로. 여름의
빛이 부드럽게 내려앉던 청년 장영수의 반듯한 어깨
로. 체크 셔츠를 즐겨 입던 단발머리 고복희의 뽀얀 목
덜미로. 디스코텍의 끈적끈적한 밤으로. 눈부시게 부
서지던 바다와 쏟아지는 빗줄기로. 거칠게 뛰던 심장.
손을 맞잡고 춤추던 그들의 미소. 백사장에 찍히고 지
워지기를 반복하는 네 개의 발자국으로. 조류에 떠내
려가는 하얀 브로치가 달린 모자처럼 하모니가 천천히
소거된다.

장영수의 눈에 눈물이 차올랐다. 고복희는 뭔가 말
하고 싶었지만 생각을 정리하지 못했다. 그들은 한참
동안 아무 소리도 내지 않았다.

"물어볼 게 하나 있어요."

장영수가 입을 열었다.

"디스코를 좋아했어요?"

매주 토요일 밤, 고복희는 디스코텍에 살다시피 했
지만 절대 춤을 추지 않았다. 그럼 어째서 거길 갔을
까. 장영수가 끌고 가서? 아니다. 가기 싫으면 가기 싫
다고 이야기하면 됐다. 어렵지 않은 일이다. 사람들이
괴짜라고 수군거리는 걸 알고 있으면서도 꾸준하게 테
이블을 지켰다. 기나긴 밤을 그곳에서 보내며 어떤 생
각을 했는가.

"복희 때문에 내가 얼마나 많은 돈을 잃었는지 알아
요?"

장영수는 장난스럽게 웃었다. 일순간 눈동자가 빛나
는 것이 느껴졌다. 고복희는 그의 얼굴을 찬찬히 살피
다 자리에서 일어나 창문을 열었다. 햇빛이 쏟아져 들
어왔다. 장영수는 눈을 감고 따스한 생명력을 온몸으
로 느꼈다. 마른 꽃잎처럼 고요하게.

잠시 후 장영수가 몸을 일으켰다. 메마른 입을 달
싹였다. 고복희가 물을 가져다주었다. 그는 아주 느린
속도로 목을 축였다. 벽에 반사된 그림자가 부풀어 올
랐다.

"나는 당신이 걱정이에요."

한참 만에 장영수가 말했다.

"옳다고 생각되는 일만 하며 산다는 건 너무나 힘든 일이니까. 사람들은 그걸 당연하다고 생각해요. 나아가 당신의 도덕성을 시험하려 들 거예요. 부당한 상황에 밀어놓고 옳지 않은 선택을 하게끔 유도하겠죠. 좌절하는 당신을 조롱하고 헐뜯을지도 몰라요."

상관없다. 누구에게 보여주기 위해 사는 삶이 아니니까. 자신에게 떳떳하면 그걸로 족하다.

고복희가 그런 대답을 할 줄 알았다는 듯 장영수는 희미하게 웃었다.

"무엇보다 당신이 외롭지 않았으면 좋겠어요."

그가 그녀의 손을 잡았다. 뜨거웠다. 뜨겁다는 것은 살아 있다는 것이다. 그녀는 그의 몸이 계속 달아오르기를 바랐다.

10

벽이 있었다.

오래전부터 차곡차곡 쌓아올린 벽이었다. 시간이 갈

수록 단단하고 견고해졌다. 어떤 것도 허용하지 않겠다는 듯이.

그녀는 벽 너머에서 무슨 일이 벌어지고 있는지 궁금하지 않았다. 몸을 숨길 장소가 필요했다. 세찬 비가 내린다면 지나가기를 기다려야 하니까. 지난함을 견디는 것이 인생이니까.

한 남자가 나타났다. 이 성가신 남자는 매일같이 찾아와 조금씩 그녀의 벽을 허물었다. 어떤 날은 달콤하게, 어떤 날은 아프게.

가장 먼저 빛이 스며왔다. 하늘이, 나무가, 바다가, 천천히 그녀의 시야로 들어왔다.

아름답죠?

그가 웃었다. 멍청한 웃음. 마지막 장벽이 와르르 무너졌다. 그는 등 뒤로 어떤 세상을 데려왔다. 생전 처음 보는 풍경이었다. 그렇게 고복희는 세계와 마주했다.

예고 없이 침투해온 남자는 또다시 멋대로 사라졌다. 병원에서 시키는 절차를 끝마치고 남은 건 더 이상 장영수가 세상에 없음을 증명하는 문서였다.

사라졌다. 완벽하게.

고복희는 자신의 손을 내려다보았다. 세월의 흔적이

낱낱이 새겨진 손금 사이로 무수한 시간이 빠져나가고 있었다. 영원히 붙잡을 수 없는 것이었다.

왜?

장영수는 젊었다. 모두가 그를 사랑했다. 다정하고 온화했다. 뜨거운 태양처럼. 싱싱한 나무처럼. 그저 푸르른 사람이었다.

그런데 왜?

고복희는 이해할 수 없었다. 온통 이해할 수 없는 것뿐이다. 제대로 된 게 하나도 없다. 옳지 않다. 정당하지 않다. 납득할 수 없다. 무슨 권리로. 대체 무슨 권리로 장영수를 빼앗아간단 말인가.

많이 남았다. 아직 못 해본 일들이 넘쳐났다. 디스코 음악에 맞춰 춤추는 모습도 보여주지 못했고 남쪽 나라에 놀러가지도 못했다. 바보 같다고. 늘 이상한 짓만 한다고. 무뚝뚝한 얼굴만 보여줬다. 고맙다고. 미안하다고. 당신이 안고 온 세상은 정말로 아름다웠다고. 말하지 못했다.

아무것도 하지 못했다.

고복희는 턱을 꽉 다물고 병원을 나섰다. 사방이 가로막힌 기분이었다. 괜찮다. 똑바로 걸어갈 수 있다.

그렇게 되뇌었지만, 눈물이 흐르는 것은 어쩔 수 없는 노릇이었다.

★ 4부 ★

밤이 오면
춤을 춰요

1

　폭우가 지나간 원더랜드는 평소와 다름없이 고요했
다. 눈부시게 선명한 빛에 잠겨 아무 일도 없다는 듯
시치미를 떼고 있었다. 박지우는 바보가 된 기분이었
다. 원더랜드를 나서는 안대용의 팔을 붙들고 "꼭 신
고해요." 하고 단단히 일렀다. 그는 긍정도 부정도 하
지 않았다. 린은 다친 고양이를 안고 동물 병원으로 향
했다. 고복희는 풀장 주변을 정리한 다음, 세탁실에 쌓
여 있는 마른 타월을 한데 모았다. 모두가 자신의 자리
를 찾아서 움직였지만 박지우는 아무것도 할 수 없었
다. 상황의 부당성을 느끼는 건 박지우 하나밖에 없는
것 같았다.

"왜 가만히 계세요?"

참다못해 물었다. 차곡차곡 타월을 개키던 고복희가 잠시 손을 멈췄다. 박지우는 따지듯이 목소리를 높였다.

"화를 내야죠. 어떻게 사람을 때리라고……."

박지우는 잠시 말을 멈추고 크게 숨을 들이켰다.

"맞지 않았으니 됐습니다."

"그렇지만."

"바뀌는 건 없습니다."

그 말을 하고 고복희는 홱 고개를 돌렸다. 일순 어떤 기운이 스쳐 지나갔다. 체념의 빛처럼 보이기도 했다. 고복희에게 그런 느낌을 느낀 건 처음이라 박지우는 조금 놀랄 수밖에 없었다. 아무렇지 않은 것이 아니다. 굳이 애쓰지 않을 뿐이다. 거기까지 생각이 미치자 온몸에 힘이 쭉 빠지는 기분이었다.

알고 있다.

목구멍에서 서러움이 솟아올랐다. 이번 여행 역시 그랬다. 충동적인 선택에 가까웠다. 하지만 은근한 마음으로 어쩌면, 하고 기대했던 것도 사실이다. 처음으로 여권을 만들었다. 비행기를 탔다. 타국에 발을 디뎠다. 이상한 사람들도 만났다. 일련의 사건 속에서 인생에 대한 답을 찾을지도 모른다고 생각했다. 아니다. 아무것도 없다. 어떤 것도 바뀌지 않았다. 고작 몇 주 동안 다른 나라에 머물렀을 뿐이다. 시시껄렁한 술자리나 기념품을 전달하겠다는 명목으로 만난 친구들에게 떠들어낼 이야깃거리가 생겼을 뿐이다. 앙코르와트에 가려고 했건만 정작 도착한 곳에는 앙코르와트가 없었다는 이야기. 낯선 곳을 혼자 한 달이나 여행하다니. 용기 있다. 재미있다. 그 정도의 반응을 듣고 뿌듯한 얼굴을 답례로 내보일 것이다.

바뀌지 않을까. 아무것도?

박지우는 초조했다. 시간이 등을 떠미는 중이었다. 한국으로 돌아갈 날이 가까워져 오고 있었다.
소파에 털썩 주저앉았다. 답답한 마음에 책꽂이에서 책을 하나 집어 들었다. 표지를 열자 박지우는 자신도 모르게 미소를 지었다.

복희에게.

복희, 라고 다정하게 불러주는 사람이 있었구나. 박지우는 고복희의 과거를 쉽게 상상할 수 없다. 그 시간은 만질 수 없는 완전한 미지의 영역이었다. 이미 사라진 세계였다. 하지만…… 이렇게 남아 있잖아. 여전히 복희라는 이름이 달콤하게 발음되고 있잖아. 박지우는 소파에 기댔던 몸을 바로 하고 소설을 한 장씩 읽어갔다. 안락하고 평범한 삶을 포기하고 스스로 고통을 선택한 예술가에 관한 이야기였다. 빛바랜 표지와 빽빽한 글자 사이의 간격 때문에 읽기 어려울 것만 같았는데 예상과 다르게 무척 재밌었다. 빠르게 도달한 마지막 장에는 첫 장과 같은 반듯한 글자가 쓰여 있었다.

우리 삶의 불가사의함을 위하여.

책을 덮고 자리에서 일어났다. 이대로 있을 수는 없어. 박지우는 객실로 들어가 캐리어를 뒤졌다. 그리고 쿰쿰한 냄새가 나는 옷 더미 속에서 잠자고 있던 노트북을 찾아냈다.

2

최상민은 두 아이의 아버지였으며 모범적인 남편이었다. 그의 아내 차은영의 직업은 보육 교사였다. 자라나는 생명을 돌봄에는 굉장한 체력과 인내심, 집중력과 예민함이 필요하다. 차은영은 십 년간 착실하게 그일을 수행했다. 그녀의 임신 소식을 듣고 원장은 기가 막힌다는 표정을 지었다.

"임신한 사람이 어떻게 일을 해?"

요즘 여자는 이기적이라 애를 안 낳는다고. 이러다 대한민국 어린이집 전부 망하겠다고. 습관처럼 혀를 차던 원장이었다. 그 모순에 고개를 갸우뚱하는 사이 차은영은 부적격 교사로 판정받았고 쫓겨나다시피 직장을 나와야 했다.

최상민은 못마땅했다. 사회엔 눈에 보이지 않는 차별이 존재한다는 사실을 아내를 통해 깨달았다. 두 딸도 아내 같은 대우를 받을 거라고 생각하면 피가 거꾸로 솟았다. 그는 아내와 함께 할 수 있는 일을 고민했다. 회사를 그만두고 받은 퇴직금으로 아웃도어 판매점을 열었다.

부부의 목표는 남들만큼은 사는 것, 좀 더 욕심을 내자면 남들보다는 조금 더 잘사는 것이었다. 그러려면 바쁘게 움직여야 했다. 남들보다 적게 자고 많이 일했다. 와중에도 미주와 미나의 교육에는 돈을 아끼지 않았다. 뇌가 말랑말랑할 때 가르쳐놔야 한대. 그래야 영어를 모국어처럼 쓴다나. 주변인들의 조언에 따라 아이들을 영어 유치원에 보냈다. 초등학교 입학과 동시에 피아노, 미술, 무용 같은 예체능 학원에 등록시켰다. 전교 1등이 성공하는 시대는 끝났다. 그들은 지난 세대의 과오를 저지르지 않겠다고 다짐했다. 세상은 이전과는 다른 방식으로 작동되고 있었다. 아이들이 원하는 미래를 위해 아낌없이 지원해줄 생각이었다.

첫째 최미주는 영리한 아이였다. 공부 머리가 있었다. 반에서 1등도 몇 번이나 했다. 차분하고 맡은 일을 성실히 해내는 성격이 부모의 좋은 점만 빼다 닮은 것 같았다. 뭘 해도 먹고살겠다는 확신이 들게끔 야무진 구석도 있었다. 사춘기에 접어들고 나서는 이상한 반항심이 생긴 것 같았는데, 어울리지 않는 스모키 화장을 한다든지 해골이 그려진 티셔츠를 입는다든지 하는 사소한 일탈로 끝났다.

둘째 최미나는 예술 쪽에 재능을 보였다. 특히 피아노에 두각을 나타냈다. 시에서 주관하는 콩쿠르에서 대상을 타오기도 했다. 세계적인 피아니스트가 되려나 봐. 차은영은 정말 그렇게 믿었다.

미주는 외대에 진학하는 것이 목표였다. 머리가 좋다 하더라도 혼자 대학 입시를 준비한다는 건 불가능에 가까웠다. 과외가 필요했다. 좀 괜찮다 싶은 선생은 터무니없이 비쌌다. 남들보다 더해주진 못해도 남들만큼은 해줘야 한다. 그런 생각으로 고액 과외도 불사했다. 미나는 사립대학의 교수에게 피아노 레슨을 받았다. 예술계는 실력보다 인맥이 중요하다는 정보를 입수하고 어렵게 구한 선생이었다.

교육비로 몇백만 원씩 쓰면서도 항상 미안했다. 똑똑한 아이들이었다. 더 좋은 교육을 받게 해주고 싶었다. 미주와 미나는 그런 부모의 마음을 잘 알았다. 이따금 자신에게 재능이 없다고 느껴지더라도 그만두겠다는 말을 절대 할 수 없었다. 참고 버텨야만 했다. 자매는 성공한 사람의 명언을 포스트잇에 적어 방 곳곳에 붙여놓았다.

힘들었다. 하지만 서로에게 피해를 주고 싶지 않았

다. 최상민과 차은영은 자식들에게 무능한 부모가 되고 싶지 않았다. 미주와 미나 역시 마찬가지였다. 부모의 희생에 상응하는 결과를 보여줘야 했다. 가끔 예민해져 날 선 대화를 주고받기도 했지만 그들의 목표는 같았다.

참다 보면 잘 먹고 잘사는 날이 올 거다

"한국 시장은 이미 포화상태야. 돈 벌려면 여기선 안 돼."

프놈펜에서 휘발유 사업을 한다는 선배가 말했다. 맞는 말이었다. 매장의 매출은 점점 떨어지고 있었다. 미주는 고등학생, 미나는 중학생이었다. 둘 다 대학까지 졸업시키려면 멀었다. 미래에 대한 걱정으로 밤을 지새우던 차였다. 선배는 동업을 제안했다. 당장 결정하지 않아도 괜찮으니 현지 상황을 살펴보고 고민해보라고 덧붙였다.

밑져야 본전이다. 그런 마음으로 온 프놈펜이었다. 공항에 도착하니 리무진이 최상민을 기다리고 있었다. 휘황찬란한 5성급 호텔에서 그는 캄보디아 주요 인사들을 만났다. 광물에너지부 장관, 경찰청장, 세무서장,

육군참모총장……. 그들과 이야기를 나누었고 명함을
주고받았다. 캄보디아는 외국인의 사업을 적극 권유한
다고 했다. 다양한 형태로 편의를 봐주겠노라는 약속
을 받아냈다. 숙소로 돌아와 곧바로 인터넷에 검색을
해봤다. 진짜 캄보디아의 인사들이 맞았다. 거짓말이
아니다. 진짜다. 가슴이 뛰기 시작했다.

선배는 유사 휘발유를 만들어 공급하는 대리점을 운
영하고 있었다. 그런 게 사업이 되려나 싶었지만 막상
와서 보니 그야말로 오토바이 천국이었다. 지하철이란
건 아예 없고 버스와 같은 대중교통도 제대로 운영되
지 않았다. 사람들은 오토바이에 페트병을 매달아 놓
고 다녔는데 그 안에 든 게 휘발유라고 했다. 최상민은
호텔의 창문에 기대서 도로를 꽉 채운 오토바이를 내
려다보았다. 저게 다 돈이란 말이지. 희미하기만 했던
미래가 점점 또렷하게 윤곽을 드러내고 있었다.

아웃도어 매장을 정리했다. 차은영은 걱정이 되는
모양이었다. 지금이 애들에게 가장 중요한 시간데. 굳
이 무리하게 일을 벌일 필요가 있을까? 그러나 소극적
으로 살아선 절대 돈을 벌 수 없다. 뭐가 됐든 치고 나
가야 한다. 미주와 미나를 위해서라도. 가족들과 헤어

져 몇 년을 살아야 하는 건 가슴 아팠지만 그는 가장이 었다. 가족의 미래를 책임지는 역할을 이행해야 했다.

본격적으로 마주한 도시는 기존에 살던 세계와 전혀 다른 온도를 가지고 있었다. 길거리에서는 심심치 않게 총을 든 군인을 볼 수 있었다. 경찰은 외국인에게 트집을 잡으며 돈을 뜯어냈다. 갑작스럽게 도로를 통제하고 몇 시간 동안 멈춰 있으라고 통보하기도 했다. 기본적인 시스템이라는 것이 존재하지 않았다. 호텔 카지노에서 봤던 비까번쩍한 인간들은 온데간데없었다. 거리는 구걸하는 거지로 넘쳐났다. 교민들은 패배자나 다름없었다. 경박하고 촌스러운 사람들이었다. 언젠가 만났던 미국의 한인들과는 전혀 다른 인상을 풍겼다. 한국 사람들 동남아에서는 으리으리한 저택에서 산다던데? 메이드와 기사를 부린다던데? 현대판 왕족이라던데. 최상민도 그런 삶을 꿈꾸며 여기에 왔다. 현실은 달랐다. 나라도 가난하고 현지인들도 가난하고 한인들도 가난했다.

돈 벌고 뜬다.

당연히 그런 생각이었다. 그와 전혀 상관없는 곳이

었다. 애정 따위 있을 리 만무했다. 자연스럽게 교민들과 거리를 둘 수밖에 없었다. 외로운 밤을 달래기 위해 인연을 맺게 된 사람들과 술잔을 기울이면서도 이 점을 분명히 해두었다.

"곧 떠납니다. 여기에 눌러앉을 생각이 절대로 없습니다."

그들은 최상민의 마음을 이해한다는 듯 고개를 끄덕였다.

"대부분 그렇지."

그렇다면 왜 이들은 아직 여기에 머무르고 있지. 멍청해서 그렇다. 최상민은 그들을 그렇게 판단했다. 제대로 된 성과를 내지 못하는 건 모두 자신이 무능해서다. 그들의 인생은 이미 구겨졌고 앞으로도 계속 구깃구깃한 상태로 살아갈 것이다.

그러나 진짜 멍청한 인간은 바로 자신이었음을 깨닫기까지는 얼마 시간이 걸리지 않았다. 휘발유 사업이 사기라는 것이 밝혀졌을 때 이미 최상민의 재산은 공중으로 흩어진 뒤였다.

자기야, 이번 달 미나 레슨비 말인데…….

핸드폰 화면에 아내의 카톡이 떠오를 때마다 미칠

것 같았다. 낫으로 심장을 찌르는 기분이었다. 다행인지 불행인지 이곳은 사채업이 성행하고 있었다. 빌리고 메우고를 반복하다 정신을 차려보니 이러지도 저러지도 못하는 상황에 놓였다. 한국으로 돌아갈 수도 그렇다고 프놈펜에 있을 수도 없었다. 그는 최대한 냉정하기 위해 애썼다. 급한 돈부터 갚고 다시 돈을 융통해서 시작하면 된다.

밤에 어울려 지내던 사람들부터 찾아갔다. 그들은 하나같이 난감한 표정을 지었다. 정말로 돈이 없어서인지 아니면 최상민을 신용하지 않아서인지는 알 수 없었다. 다음으로 찾아간 사람은 김인석이었다. 부동산업으로 큰 수익을 남겼다는 소문이 있었다. 그러나 그는 최상민을 도와줄 생각이 전혀 없었다. 무릎을 꿇고 고개를 숙여도 요지부동이었다. 최상민의 곁엔 아무도 없었다. 그러다 문득 교회를 떠올렸다. 아무리 면식 없는 신이라 해도 이렇게 인간을 무참하게 버리지는 않으리라.

이영식 목사의 집무실은 답답한 공기로 가득했다. 최상민은 두 손을 모으고 절박하게 머리를 조아렸다.

"저에게 무슨 돈이 있겠습니까."

이영식은 표정 하나 바꾸지 않고 단칼에 거절했다.

"돈 있으시잖아요. 후원금 모은 거 있잖아요."

"그건 제 돈이 아닙니다."

"바로 돌려드리겠습니다. 석 달, 아니 한 달만 시간을 주세요. 제가 한국에만 다녀오면 다 해결됩니다. 장기라도 팔아서 갚겠습니다."

"죄송합니다."

이영식은 몸을 일으켜 집무실 밖으로 나갔다. 덩그러니 남은 최상민은 뭔가를 생각하다 복도로 뛰쳐나갔다. 이영식의 팔을 붙잡고 무릎을 꿇었다. 공포에 눌린 목소리로 외쳤다.

"제가 다 잘못했습니다. 잘못했습니다. 평생 반성하며 살겠습니다."

"이거 놓으세요."

이영식이 그의 손을 거칠게 쳐냈다. 그때 이영식이 지었던 표정은 최상민이 처음 이 나라에 왔을 때 지었던 바로 그 표정이었다. 무시와 경멸의 얼굴. 부패한 생선 냄새를 맡은 순간처럼 떠오르는 질색과 혐오의 내색. 결국 자신은 아무것도 아니었음을. 무능한 인간이라는 사실을 깨닫게 해주는.

주일 예배를 위해 교민들이 하나둘 모여들고 있었다. 2층 예배당에서 청년부가 예배 음악을 준비하는 소리가 어렴풋하게 들려왔다. 머릿속을 긁는 마찰음이었다. 마음 깊은 곳에서 뜨거운 것이 울컥하고 솟구쳐 올라왔다.

"당신들도 나랑 똑같아. 싹 다 인생 루저라고. 한국에서도 안되는 놈들이 여기선 뭐 잘될 것 같아?"

어디선가 묵직한 주먹이 날아왔다. 최상민이 바닥에 쓰러졌다. 어디서부터 잘못됐지. 뭐가 문제였을까. 아내는 말했다. 내가 아이를 가져서 아이 돌보는 일을 할 수가 없대. 아내는 울고 있었다. 억울하다고 했다. 죄일까? 좀 잘 살아보겠다는 게 죄야? 시야가 뿌옇게 흐려지는 것을 느꼈다. 아내와 두 딸의 얼굴이 떠올랐다. 매일 밤 어렴풋하게만 느꼈던 그들의 낯빛은 점점 선명한 경멸의 시선으로 그려지고 있었다.

참아야 한다.

언제까지?

회한으로 가득 찬 햇살이 복도로 쏟아져 들어왔다. 사람들은 예배당에 모여 저마다의 기도를 드리고 있을 터였다. 누구를 위한 기도인가. 분명한 건 그 속에 최상민은 없을 거라는 사실이었다. 그는 자리에서 일어났다. 천천히 그리고 분명하게 3층을 향해 뚜벅뚜벅 걸어 올라갔다.

3

원더랜드 대문 앞에 고복희가 서 있다. 단발머리를 귀 뒤로 넘기고 꼿꼿한 자세로 누군가를 기다리고 있다. 한참 뒤 박지우가 나왔다. 어두운 곳에서 화장했는지 눈두덩이와 입술 색깔이 과하게 진했다. 허리가 잘록한 샛노란 원피스를 입고 있었다. 밑단에는 프릴이 달렸다. 종이접기로 만든 것처럼 조잡한 모양이었지만 하얗고 길쭉한 팔다리를 가진 박지우와 잘 어울렸다. 원을 그리며 돌자 치맛자락이 팽이처럼 펼쳐졌다.

"앙코르와트 가서 입으려고 했단 말이에요."

과한 옷차림에 본인도 민망한 마음이 드는지 변명하듯 말했다. 그러면서 앙코르와트가 어느 도시에 있는지는 몰랐단 말이냐. 고복희는 혀를 찼다. 다시 생각해도 도무지 이해할 수 없는 녀석이다. 그러나 돌이켜보면 고복희도 뉴 제너레이션 취급을 받을 때가 있었다. 요즘 젊은 선생들은 영 싹수없다던 교감의 목소리가 떠올랐다. 뭐가 그리 불만인지 까딱하면 호통만 쳐댔다. 고복희도 어느새 기성세대가 됐다. 요즘 애들은 쯧쯧, 하고 고개 젓는 세대가 된 거다. 세상은 회전하고 있다. 노란 치맛자락처럼 빙글빙글.

고복희와 박지우는 결혼식에 초대받았다. 린의 언니의 결혼식이었다. 린이 불쑥 청첩장을 내밀었을 때 박지우는 화들짝 놀랐다. 이거 나도 참석해도 되는 건가? 린은 당연하다는 얼굴이었다. 결혼식이 밤에 거행된다는 말을 듣고는 또 한 번 놀랐다. 이내 그 사실은 무척이나 낭만적으로 느껴졌다. 밤은 사람의 마음을 설탕처럼 녹이는 힘이 있으니까.

열대의 낮과 밤은 완전히 달랐다. 낮 동안 도로를 가득 채웠던 오토바이와 택시는 온데간데없이 사라지고 거리는 한적한 적막에 휩싸였다. 드문드문 놓인 가로등 불빛이 해먹에 누워 잠을 청하는 이들의 발끝을 밝혀주었다.

식장을 찾는 건 어렵지 않았다. 멀리서부터 시끌벅적한 기운이 느껴졌다. 길거리를 가로막은 거대한 천막을 마주한 박지우가 입을 떡 벌렸다. 천막은 온통 꽃과 화환으로 뒤덮여 있었다. 입구에 신랑신부의 사진이 대문짝만하게 걸렸다. 사진 속 얼굴과 똑같은 남녀가 그 앞을 지켰다. 고복희와 박지우는 그들에게 다가가 인사를 건넸다. 신부의 머리칼에서 후추 냄새가 났다. 린은 옷자락에 매운 냄새를 묻혀서 오곤 했는데 가족 내력이었던 거다. "포토? 포토?" 사진사가 커다란 사진기를 들이밀었다. 그들은 초면의 캄보디아 신랑신부와 사진을 찍었다. 살아생전 또 볼 일이 있을까 싶을 인연이었지만 박지우는 진심을 다해 그들의 미래를 축복했다.

식장 안으로 입장하기 위해서는 인원이 채워져야 했다. 사람들은 천막 밖에서 삼삼오오 모여 저마다의 이야기를 떠들어대고 있었다. 누구 하나 조바심을 내거나 짜증을 부리는 사람이 없었다. 더운 나라 사람들 특유의 느긋한 성질이었다. 입장한다고 해서 끝이 아니었다. 테이블에 앉아서도 인원이 다 채워져야만 음식을 먹을 수 있었다. 고복희와 박지우는 모르는 사람들

과 한 테이블에 앉아 새로운 사람이 오기만을 기다렸
다. 박지우 옆에는 현지인 부부가 앉았다. 뭐라고 말을
나누고는 싶은데 양쪽 모두 영어가 짧아 서로 웃는 얼
굴만 보여주었다.

천막 안으로 끊임없이 사람들이 들어왔다. 프놈펜
에 이렇게 사람이 많았나 싶을 정도였다. 현지인뿐 아
니라 외국인의 얼굴도 보였다. 이 도시에 사는 사람들
이 다 와서 모인 것만 같았다. 정말 그럴지도 몰랐다.
린의 언니와 아무 관련도 없는 박지우 역시 자리에 앉
아 있었으니까. 테이블에 앉은 아이 하나가 실수로 레
몬 소다를 엎질렀다. 고복희의 까만 스커트에도 진득
한 액체가 묻었다. 물을 적신 손수건으로 얼룩을 문지
르고 있는데 이영식이 다가와 알은체를 했다.

"서운해하지 마세요."

이영식은 모든 것을 설명할 수 있다는 태도였다. 오
미숙에게 뭔가 전해 들은 것이 분명했다. 이영식은 진
지한 얼굴로 말을 이어나갔다. 교민들이 얼마나 힘겨
운 날들을 보내고 있는지. 교육, 문화시설의 필요성.
협동, 협력, 대의와 같은 단어들. 고복희는 표정 없이
그의 말을 들었다.

고복희는 이영식을 이해한다. 그는 그의 방식이 옳다고 생각할 뿐이다. 낯선 나라에서 이방인으로 산다는 건 절대 쉬운 일이 아니다. 혼자는 약하다. 힘을 합치면 강해진다. 교민들은 대열을 정비하고 발맞춰 걸어야 했다. 한마음으로 나아가야 했다. 그 속에서 고복희는 리듬을 깨는, 이기적인 이탈자였다. 고복희에게 중요한 건 따로 있었다. 원더랜드가 먼지투성이인 공간이 돼선 안 된다. 린의 월급이 밀려서 안 된다. 스스로 부끄럽지 않은 하루의 삶을 살아내야 한다. 사람들은 고복희를 두고 이기적이라고 비난했다. 그럴지도 모른다. 세계의 질서가 그런 것이라면, 그리고 거기에 순응하지 못한다면, 결국 낙오될 것이다. 언제나 그랬듯 혼자 남게 될 것이다. 그것은 고복희의 선택이었고 기꺼이 감당해야 할 자신의 몫이었다.

고복희가 이영식의 눈을 똑바로 바라보고 말했다.

"나는 앞으로도 계속 원더랜드를 운영할 겁니다."

웨딩드레스로 갈아입은 신부가 신랑의 손을 잡고 함께 입장했다. 머리부터 발끝까지 온통 순백색으로 하얗게 빛나고 있었다. 요란스러운 꽹과리 소리와 캄보디아의 전통 음악이 흘렀다. 신부의 곁을 따르는 세 명의 들러리 중 유독 린의 얼굴이 눈에 띄었다. 반짝반짝 빛나는 보석이 촘촘히 박힌 파란색 실크 드레스를 입고 있었다. 평소와 달리 진하게 화장을 했는데 조금 촌스럽기는 해도 무척 예뻤다. 사람들은 그들의 앞길에 마른 꽃을 던졌다. 젊은 부부의 미소에는 서로를 향한 애정이 깃들어 있었다.

행복하세요. 영원히.

그렇게 생각한 박지우는 고개를 갸우뚱했다. 행복과 영원이라는 단어가 절대 어울리지 않는 한 쌍처럼 느껴졌기 때문이다.

4

신랑신부 입장이 끝나고 꽤 시간이 지났지만 하객들이 썰물처럼 쏟아져 들어오고 있었다. 하객들의 박수갈채와 함께 무대에 사회자 한 명이 올라섰다. 마이크를 잡고 속사포처럼 말을 쏟아냈다. 회심의 농담을 던졌는지 모두 동시에 하하하 웃었다. 박지우는 한 박자

늦게 하, 하, 하, 하고 웃음의 대열에 끼어들었다. 오늘의 주인공 신부와 신랑이 단상 위로 올라왔다. 웅장한 음악이 배경에 은은하게 깔리기에 뭘 할 건가 기대했는데 손을 맞잡고 하객들을 향해 인사하는 게 다였다. 사회자가 사인을 주자 천막에 설치된 스피커에서 고막이 떨어져나갈 것 같이 커다란 소리가 터져 나왔다. 고복희와 박지우는 동시에 얼굴을 찡그리며 귀를 막았다. 다른 사람들은 아무렇지도 않은 모양이었다. 앉아 있던 하객들은 저마다의 리듬을 타며 자리에서 일어났다.

귀에서 살며시 손바닥을 뗀 박지우도 들썩들썩 어깨를 움직였다. 동남아 비트 특유의 흥겨움을 참아낼 수 없었다. 이것은 마치 우리나라의 뽕짝과 비슷한 느낌으로, 머리보다 몸이 먼저 반응하는 4분의 4박자.

"사장님은…… 안 추시겠죠?"

박지우는 눈치를 보다 슬금슬금 무대로 나갔다. 어린아이처럼 천진난만한 모습이었다. 이미 저마다의 리듬으로 춤추던 사람들이 박지우를 환영했다. 몸을 흔드는 사람들에게서 어떤 결의 같은 것이 느껴졌다. 오늘만큼은 밤새도록 먹고, 춤추고, 노래할 거라고.

고복희가 자리에서 일어났다. 그녀가 잠자리에 드는 시간은 늘 정확했다. 오랜만에 땀을 뻘뻘 흘린 박지우도 고복희의 뒤를 따랐다. 텐션이 올라간 박지우의 멈추지 않는 수다를 들으며 천막을 빠져나왔다. 간이 식장에서 내뿜는 환한 빛이 칠흑처럼 어두운 밤을 밝혔다. 그들을 향해 걸어오는 두 남자가 보였다. 김인석과 안대용이었다.

"어이."

김인석은 불그죽죽한 얼굴에 눈이 풀려 있었다. 안대용은 고복희와 눈이 마주치자 재빨리 고개를 숙였다. 인사를 하는 것인지 눈을 피하는 것인지 알 수 없었다.

"돌아가시나?"

김인석은 누가 봐도 취한 것처럼 보였다. 고복희는 술에 취한 사람은 상대하지 않는다. 온전한 정신을 가지지 않은 사람과 대화한다는 건 에너지 낭비다.

"왜 나를 무시해?"

김인석이 고복희의 어깨를 움켜쥐었다.

"왜 나를 깔보느냔 말이야."

"그런 적 없습니다."

"항상 그런 눈으로 나를 쳐다보지. 한심한 사람이라
는 듯이. 하지만 내가 당신한테 무시당할 정도의 인간
은 아니거든."

그는 잠시 말을 멈추고 가쁘게 숨을 몰아쉬었다.

"아저씨 취하신 것 같은데."

"이게 누구야. 우리 젊은이는 아직도 한국에 안 돌
아갔나?"

"좀 놓고 말씀하세요……."

박지우는 거의 우는 얼굴이었다. 마침 피로연장 밖
으로 나온 린과 이영식이 그들을 발견했다. 안대용이
흠칫 놀라며 김인석과 고복희를 떼어놓았다.

"무슨 일이에요?"

린의 말에 안대용이 고개를 저었다. 그 모습을 어
쭈, 하는 표정으로 지켜보는 김인석이 있었다. 그는 돌
연 왼손을 치켜들고 안대용의 뒤통수를 때렸다. 어찌
나 세게 내리쳤던지 덩치가 산만 한 안대용이 휘청거
릴 정도였다.

"너 이 새끼야, 너 뭐야. 왜 여기에 붙어먹었어?"

안대용이 야단맞은 학생처럼 머리를 조아렸다. 김인
석 앞에서 안대용은 늘 그랬다. 힘 따위 전혀 없는 어

린애처럼 굴었다.

"내가 시켰던 일은 어떻게 했어? 어? 이 자식 인제 보니 안될 새끼네?"

김인석은 안대용을 아래위로 훑으며 말했다. 심각한 얼굴로 땅만 바라보던 안대용이었다. 뭔가 결심했다는 듯 고개를 들었다. 그리고 김인석을 똑바로 바라봤다.

"안, 안 합니다."

"뭐?"

"사, 사람을 때, 때리는 건 나, 나쁜 일입니다."

안대용의 말에 김인석이 피식 웃었다. 그리고 느닷없이 안대용의 뺨을 후려갈겼다. 깜짝 놀란 박지우가 소리를 내질렀다. 안대용이 어쩔 줄 몰라 하는 사이에 김인석은 그를 바닥으로 밀치고 발로 밟아대기 시작했다. 일흔 노인이라고 믿기지 않을 정도의 괴력이었다. 바닥에 쓰러진 안대용은 몸을 웅크리고 양손으로 머리를 감싸 쥐었다.

"그만해요."

린이 김인석의 팔을 붙잡았다. 김인석이 노골적으로 얼굴을 찌푸렸다. 린의 팔을 탁 쳐냈다. "더럽게." 그는 분명 그렇게 말했다.

"닥쳐!"

고복희가 고함을 질렀다.

목소리가 어찌나 크던지 모두 동시에 행동을 멈추고 자동으로 고복희의 얼굴을 바라보았다. 그 틈에 고복희가 김인석의 어깨를 밀쳤다. 그는 중심을 잃고 기우뚱대다가 쿵 엉덩방아를 찧었다. 바닥에 쓰러진 김인석이 일어나기 위해 아등바등했다. 고복희는 주위를 둘러봤다. 식당에서 내놓은 봉투들이 너부러져 있었다. 그 옆에 놓인 바구니가 보였다. 주먹으로 움켜쥐고 닥치는 대로 던졌다. 김인석의 얼굴에 노른자가 줄줄 흘러내렸다. 에잇, 나쁜 새끼, 고복희는 끊임없이 중얼거리며 분뇨가 묻은 계란을 김인석에게 명중시켰다. 눈도 뜨지 못하고 입만 달싹거리는 김인석은 이제 막 부화한 병아리 같은 얼굴이었다. 어느새 그들 주위로 사람들이 몰려들었다. 사방에서 수런대기 시작했다. 노른자가 들러붙은 김인석의 얼굴을 핸드폰으로 찍는 사람도 있었다.

"이 무슨 난폭하고 몰상식한 행동입니까?"

이번엔 이영식이 큰소리를 냈다.

"알 만한 분이 뭐 하는 겁니까. 애꿎은 사람에게 폭

력을 쓰다니요."

고복희의 손이 멈칫했다.

애꿎은 사람? 폭력?

고복희의 한쪽 눈썹이 올라갔다. 알고 있다. 사람을
향해 날계란을 던지는 건 옳지 못한 일이다. 고복희는
옳지 못한 일을 했다. 이영식은 그 이유에 대해 결코
이해하지 못한다. 아마, 앞으로도, 계속.

좋다. 바라는 대로 해주겠다.

나는 이제 폭도다.

고복희는 계란을 하나 더 움켜쥐고 이영식을 향해
던졌다. 그것은 정확하게 이영식 머리에 부딪쳐 산산
조각이 났다.

"이놈이나 네놈이나 다를 게 없다."

고복희의 목에 핏대가 꼿꼿하게 섰다. 거짓말처럼
음악이 끝났다. 다음 곡이 시작되기 직전 찰나의 정적
이었다.

5

그때도 그랬다.

학생들의 수업 거부가 길어지면서 대학은 무기한 휴
업에 들어갔다. 수업하지 않는다는 건 고복희에게 청
천벽력과 같은 말이었다.

고복희는 어머니에게 실망을 안겨주고 싶지 않았다.
강금자는 자신의 삶이 구석으로 내몰리는 이유는 배우
지 못했기 때문이라고 생각했다. 대학만 가면 모든 게
해결될 거라고 믿었다. 대학에선 세련되게 사는 법, 인
간답게 사는 법, 제대로 된 삶을 사는 법을 알려줄 거
라고. 그녀는 딸의 학비를 마련하면서 힘든 내색을 보
이지 않았다. 현실은 강금자의 기대와 전혀 달랐다. 캠
퍼스는 그야말로 전쟁터나 다름없었다. 최루탄이 터졌
고 화염병이 날아다녔다. 고복희는 난장을 헤치고 매
일같이 강의실로 향했다. 수북하게 쌓여 있는 책걸상
을 등에 지고 3층까지 걸어 올라가기도 했다. 어떤 상
황에서도 수업을 받을 용의가 있음을 피력하는 스스로
의 방식이었다.

"배신자."

겁쟁이라고 비난하던 것과 달랐다. 배신자라고 욕하며 등 뒤에서 침을 뱉는 선배에게 달려들지 않은 것은 정말 그럴지도 모른다고 생각했기 때문이었다.

평소와 다름없이 강의실을 지키고 있던 날이었다. 인기척에 고개를 들어보니 한 여자애가 서 있었다. 이영은. 여름에도 겨울에도 항상 똑같이 낡은 점퍼를 껴입고 다니는 학생이라 기억했다. 터무니없이 겸손한 얼굴을 하고 다니는 여학생이었다. 고복희는 조금 당황했다. 서클룸 뒤편에서 화염병 만드는 일이 예사인 친구였다. 잔디밭에 모여 앉아 민중가요를 부르는 걸 본 적도 있다.

"유급당하면 안 되거든."

이영은은 비밀을 고백하듯 소곤소곤 속삭였다.

"부모님이 알게 되면 정말 큰일이야. 선배들에겐 미안하지만 나는 꼭 졸업해야만 한다."

이영은의 부모는 여자가 무슨 대학엘 가냐는 생각을 하는 사람들이었다. 얌전히 있다가 시집이나 가는 것이 제일 행복한 거라는 구시대적 발상에 갇혀 있었다. 보여주고 싶다고 했다. 여자라고 다를 것은 없다고. 남자보다 더 좋은 직장에 취직해서, 더 많은 월급을 받고, 더 나은 삶을 살 수도 있다고.

"순 저들밖에 모르는 계집애들."

강의실을 지나던 누군가 그렇게 말했다.

"원래 여자애들은 의리가 없다."

옆에 있던 남자가 픽 바람 빠지는 소리를 냈다. 고복희는 그런 말들을 신경 쓰지 않았다. 이영은은 달랐다. 숨을 죽이고 고개를 떨어뜨렸다. 프락치라는 말을 들을 땐 몸을 부들부들 떨기도 했다. 그녀는 자신 때문에 다른 학생들이 피해를 보고 있다는 죄책감을 느끼고 있었다. 누군가 어깨라도 부딪히면 화장실에 달려가 먹은 것을 모두 게워냈다. 세면대에서 입을 헹구며 눈물을 뚝뚝 흘리기도 했다. 그때 고복희는 알았다. 부당함을 알고 있으면서도 참을 수밖에 없는 그런 삶도 있다는 것을.

학교 측의 강경 대응이 시작되면서 대학과 학생들은 더욱 첨예하게 대립했다. 캠퍼스에는 비장함이 감돌았다. 추위가 시작되기 전 상황을 끝내겠다는 학생회장의 구호에 맞춰 학생들은 일사분란하게 움직였다. 그들의 머리 위로 하얀 구름이 지나가고 있었다. 고복희는 강의실 창문 앞에 서서 세상과 싸우는 이들의 숭고함을 목도했다.

정신없이 복도를 뛰어다니던 무리가 다급하게 고복희를 불렀다. 이영은의 행방을 물었다. 모르겠다고 대답하니 불안한 기색을 보였다. 이영은을 혼내주겠다고 벼르던 선배가 있다고. 그가 지금 영은을 어딘가로 데려간 것 같다고.

"미친놈. 또 시작이야."

그는 같은 서클 사람들끼리도 혀를 내두르는 사람이었다. 부회장 선배가 손가락으로 남학생 몇 명을 가리켰다.

"너희 남자들, 빨리 가서 말려."

그들이 허둥지둥하는 사이, 고복희는 도서관 뒤편으로 달려갔다. 분명 거기에 있을 거라고 생각했다. 예감은 적중했다. 바닥에 이영은의 점퍼가 나뒹굴고 있었다. 가느다란 팔뚝이 온통 멍 자국이었다. 고복희는 그제야 이해할 수 있었다. 한여름 땀을 뻘뻘 흘리면서도 점퍼를 벗지 않았던 이유를. 아버지에 관해 이야기할 때마다 입 모양을 뒤틀던 이영은을.

"복희야."

이영은이 겁먹은 얼굴로 고복희를 쳐다봤다. 마음속

의 뭔가가 툭 끊어지는 기분이었다.

"세상이 바뀌어야지."

그가 확신에 찬 목소리로 소리쳤다.

"그게 먼저다. 옳지 못한 판단을 했어."

그리고 고복희와 이영은의 얼굴을 번갈아 바라보았다.

"너희 생각은 중요하지 않아."

뭐라고 하는지 하나도 들리지 않았다. 고복희의 시선 끝에는 오직 이영은이 있었다. 머릿속이 새하얘지는 것 같았다. 감각과 이성이 어지럽게 뒤섞였다. 손엔 아무것도 들려 있지 않았다. 고복희는 신고 있던 운동화를 벗어 쥐었다.

뒤늦게 달려온 사람들은 속수무책으로 얻어맞고 있는 남자와 맨발로 운동화를 휘두르고 있는 고복희를 마주했다. 허공에 퍼지는 매캐한 화약 냄새 속에서 고복희는 생각했다. 나는 옳지 못한 일을 하고 있다.

그때도 지금도.

6

　박지우가 원더랜드에 오래 머물렀다고 느낀 건 다름 아닌 머리끈 때문이었다. 출국하기 전 인천공항 편의점에서 다섯 개입 두 묶음을 구매했는데 아침에 보니 하나도 남아 있지 않았다. 앉은 자리엔 항상 과자 부스러기며 머리핀이며 손에 들린 것들을 족족 흘리고 다녔기에 별로 새삼스러운 일은 아니었다. 뱀이냐? 허물 벗어놓고 다니게? 엄마의 잔소리가 약간 그리운 형태로 떠올랐다.

　머리를 풀어헤친 박지우가 향한 곳은 106호 뒤편 나무 밑이었다. 노트북을 들고 다니며 이리저리 설쳐본 결과, 이쪽이 와이파이가 가장 잘 터지는 곳임을 알아냈다. 팔자 좋게 누워 있던 팔팔이가 짜증스럽게 몸을 일으켰다. 미안하다. 딴 데서 자라. 박지우는 팔팔이의 자리에 쪼그리고 앉아 노트북을 열었다. 클릭, 클릭, 그리고 꺅. 원더랜드를 뒤흔드는 비명이었다. 박지우는 프런트 데스크를 향해 팔락팔락 뛰어왔다.

　"댓글이 달렸어요."

　별안간 이건 또 무슨 소린가. 고복희는 잠시 눈을 들

었다가 다시 장부 정리에 열중했다. 린은 박지우가 내미는 노트북을 들여다봤다.

　내 인생을 정의하자면, 실패의 역사였다고 할 수 있다.

　비장한 문장으로 시작된 글은 시작과 동시에 실패한 흔적들을 구구절절 나열하고 있었다. 유년 시절을 거쳐 사춘기를 지나 대학을 졸업하고 짧은 직장 생활, 취준생이라는 허울에 숨어 빈둥거렸던 시간에서 원더랜드에 도착하기까지의 여정이 숨 가쁘게 진행됐다. 하필이면 이상한 사장님이 있는 호텔에 와서, 다정하고 똑똑한 동갑내기 직원을 만나고, 어쩌다 참석하게 된 바자회와 결혼식에서 벌어진 이상한 사건들, 특히 김인석에게 계란을 던지는 장면을 묘사하는 부분은 정말 탁월했다. 그날의 사건이 눈앞에서 재생되는 듯했다. 작가의 감정이 중립을 유지하지 못하고 고복희 쪽으로 치우쳐 있는 것이 누군가에겐 거슬릴 수 있겠지만, 뭐 어쨌든 재미있으니 됐다. 린은 흥미진진한 얼굴로 스크롤을 내렸다. 기나긴 글의 끝에 달린 댓글은 단 하나였다.

"사장님 멋있대요."

박지우가 엄지를 척 치켜들었다. 고복희는 아무 대
답도 하지 않았다. 그녀는 인터넷 족속들을 신뢰하지
않는다. 중요한 일은 내팽개치고 타인의 삶에 관여하
길 즐기는 부류들. 와글와글 떠들어대는 중학생들처럼
정신없다. 시끄럽고 성가시고 무의미하다.

"그 말밖에 없어요?"

린이 고개를 갸웃했다. 박지우가 검지를 까딱까딱
흔들었다.

"아니지, 댓글은 하나지만 조회수는 벌써 100이 넘
어가고 있다구. 이렇게 관심받기가 쉬운 줄 알아?"

인터넷에만 올리면 모든 문제가 해결될 거라고 큰소
리치던 박지우의 얼굴이 떠올랐지만, 린은 잠자코 고
개를 끄덕였다.

"우리 사장님이 보통 분이 아니란 건 알았지만, 그
렇게까지 화끈하신 줄은 몰랐다니까요. 어우, 그날만
생각하면 진짜. 요 주먹을 콱, 정수리에 박는 건데."

박지우가 입으로 쉭쉭 소리를 내며 주먹을 허공에
내질렀다. 그러다 양손을 가슴에 모으고 눈을 지그시

감았다.

"뜻밖의 재능을 찾은 것 같아요."

감정의 흐름을 도저히 따라갈 수 없어 고복희는 박지우를 이해하려는 노력을 포기했다.

"저 나중에 엄청 유명해질지도 몰라요. 출판사에서 연락이 오고, 베스트셀러가 되고, 어쩌면 백만장자가 될지도?"

"그때 우리를 잊으면 안 돼요."

린이 박지우의 망상에 장작을 지폈다. 당연하지, 하고 뻐기는 박지우는 낙관을 넘어 허무맹랑한 미래를 꿈꾸고 있었다.

마지막 저녁으로 뭘 먹고 싶으냐는 고복희의 물음에 박지우가 난감한 표정을 지었다. 사장님 음식 맛없다는 사실을 고백할까 말까 잠시 고민했다. 기색을 눈치 챈 린이 고개를 저었다. 그러곤 테이블 위에 놓인 전단을 턱으로 가리켰다. 박지우는 황급하게 피자, 피자, 피자요, 하고 소리쳤다. 그러곤 속으로 투덜거렸다. 여기 배달 음식도 있었나. 왜 이 중대한 사실을 마지막 밤에야 알게 된 것인가. 두 시간을 기다려 받아든 피자는 뜨끈뜨끈했다. 두툼한 게살이 토핑으로 올라간 피자였다. 여름밤 총총한 별 아래에서 세 여자는 사이좋게 앉아 피자를 돌돌 말아 삼켰다.

"앙코르와트 대신 앙코르 비어만 실컷 먹고 가네요."

박지우가 블루투스 스피커로 음악을 틀었다. 최신 유행하는 아이돌 노래였다.

"이 노래 진짜 좋아해요."

도저히 못 참겠다는 듯 자리에서 일어나 엉덩이를 흔들었다. 가느다란 머리카락이 미풍에 살랑살랑 흔들렸다. 깔깔대는 웃음소리. 박지우의 파격적 웨이브에도 무덤덤한 고복희의 표정. 손을 잡아끌며 일으키자 박지우를 따라 엉덩이를 흔드는 린. 난리 법석인 가운데 평온하게 자고 있는 팔팔이. 시끄러운 밤이 지나고 박지우는 한 달간의 여행을 끝냈다.

"피자가 맛있는 건 만국 공통인가 봐요."

박지우가 프놈펜에서 남긴 마지막 말이었다.

7

"손님이 왔어요."

고복희의 팔을 붙잡고 린이 속삭였다. 야외 로비에 앉아 웰컴 드링크를 마시고 있는 사람은 이영식이었다. 계란 던진 것을 보복하려고 온 건가. 고복희는 자신도 모르게 방어 태세를 취했다. 주춤하는 고복희를 발견한 이영식이 소파에서 몸을 일으켰다. 그리고 손에 쥐고 있던 키를 들어서 흔들어 보였다.

"손님으로 왔습니다."

린의 태도를 보니 둘은 뭔가 얘기를 끝낸 모양이었다. 고복희는 탐탁지 않은 얼굴로 그를 104호실로 안내했다. 원더랜드를 두리번거리며 구경하는 그는 이 도시에 처음 온 관광객 같은 모습이었다.

"아름다운 곳이네요."

이영식이 조용히 중얼거렸다. 고복희는 의심쩍은 기색을 숨기지 않고 감상에 젖은 이영식을 살폈다. 그는 정말로 편안한 얼굴이었다. 객실 문 여는 법과 조식과 석식 시간, 풀장 운영 방식, 원더랜드에서 꼭 지켜야 할 규칙 등을 일러줄 때도 진지하게 고개를 끄덕였다.

"나는 사과할 생각이 없습니다."

고복희가 덧붙였다. 이영식은 아무런 대답도 하지 않았다. 잠시 침묵 후에 그가 입을 열었다.

"저녁밥은 주실 거죠?"

쌀밥에 감자조림을 베이스로 한 탄수화물 식단이었다. 이영식은 조용히 기도를 하고 젓가락을 들었다. 고춧가루에 버무린 감자를 한 입 베어 먹고 음, 음, 하고 심각한 표정을 지었다. 맛있다는 의례적인 인사를 하고 싶은데 차마 입 밖으로 안 나오는 모양이었다. 그는 애꿎은 흰밥만 끼적거리다가 생수를 마시고 목을 가다듬었다.

"김인석 회장님이 원더랜드에 찾아오는 일은 다신 없을 겁니다."

이영식이 왜 찾아왔는지 알 수 있었다. 그제야 고복희는 긴장을 풀고 그의 맞은편에 앉았다. 죽여버리겠다고 길길이 날뛰는 김인석을 말린 사람은 이영식이었다. 만일 소동을 벌인다면 교회 측에서 가만있지 않겠다며 으름장 놓았다고. 안대용 역시 그를 떠났다고 했다. 김인석이 아무리 폭력을 휘둘러도 바보처럼 맞고

만 있던 안대용이다. 어떤 것이 그의 마음을 바꾸게 했는지는 몰라도, 잘된 일이라고 고복희는 생각했다.

"진즉 그러지 말자고 했어야 했는데."

이영식은 솔직하게 자신의 잘못을 시인했다. 린에게 건넸던 무례한 언사 역시 반성하고 있었다. 고복희가 오기 전 둘은 오랜 시간 대화를 나눴다고 했다. 린이라면 걱정하지 않는다. 알아서 잘 해결했을 것이다. 스스로의 실수를 인정했다는 사실만으로 이영식이 다른 사람처럼 보였다. 그는 겁쟁이가 아니었다.

"고 사장님은 최 사장님을 아세요?"

"알고 있습니다."

"그 사건이 저희에게……."

이영식은 고통스러운 표정이었다.

"물론 그의 인생을 책임져 줄 순 없었습니다. 하지만 감정적으로라도 도움을 줄 수 있었을 겁니다. 도움은커녕, 그가 나쁜 선택을 하는 데 일조했을지도 모릅니다. 그 사건을 외면하고 싶었습니다. 처음부터 없던 일인 것처럼 굴고 싶었습니다."

"그건 옳지 못합니다."

"죄책감으로 남아 있으니까요. 꺼내 보고 싶지 않았

습니다."

이영식의 말에 고복희는 입을 다물었다. 그녀 역시 무슨 감정인지 알고 있다. 모서리를 접고 또 접어 아주 조그맣게 만든 후에 아무도 모르게 꿀꺽 삼켜버리고 싶은 기분. 마주하면 견딜 수 없이 아프다. 슬프고. 미안하고. 자책하게 된다. 고복희의 거실 구석에 쌓여 있는 LP판처럼.

"원더랜드가 최 사장님을 떠올리게 했던 것 같습니다. 여러모로 죄송합니다. 멋대로 이기적이라고 판단했던 것도요."

"나는."

고복희는 잠시 뭔가를 생각했다.

"원칙을 지킬 뿐입니다."

"그리고 이기적인 분도 아니죠."

이영식이 미소를 지어 보였다. 고복희가 미간을 찌푸렸다. 계란을 맞더니 머리가 어떻게 된 건가.

멀리서 방정맞은 발소리가 들려왔다.

"어머, 역시나. 우리 목사님 여기 계셨네."

목소리의 주인공은 오미숙이었다. 이 여자는 갑자기 또 왜. 오미숙은 '내가 모르는 게 어디 있어?' 하는 얼굴로 고복희 옆에 앉았다. 이영식이 원더랜드에 방문했다는 사실을 어디선가 전해 듣고 찾아온 것이다. 참 바뀌는 게 없다. 한결같은 태도만큼은 인정한다.

"뭐야. 무슨 이야기를 그렇게 재밌게 했어?"

오미숙이 테이블에 있는 반찬 하나를 날름 집어먹었다. 잠시 손을 멈추고 입을 오물거렸다. 지금 자신의 입 속에 들어간 게 음식인지 아닌지 확인하는 듯했다.

"나 왜 원더랜드가 성격 나쁜지 알았잖아."

모든 것을 파악했다는 얼굴로 오미숙이 고개를 끄덕였다.

"이런 걸 먹으니 성격이 안 삐뚤어지고 배겨?"

이영식의 콧잔등이 살짝 구겨졌다. 억지로 웃음을 참는 얼굴이었다.

"맛있는 것 좀 먹고 살아. 그럼 자기 성격 좀 나아진다?"

고복희는 벙찐 표정이었다. 말문이 막혔다. 자신이 요리를 못한다는 건 알고 있었지만 음식이 맛없다고 면전에서 말한 사람은 없었다.

예의 없는 인간 같으니. 집에서 만든 밥이 다 거기서 거기지.

251

이 생각은 다음 날 오미숙이 원더랜드로 가져다준 반찬을 먹고 바뀌었다. 오미숙네 반찬이 맛있긴 맛있었다.

8

박지우가 떠난 후 한동안 101호실을 쓰는 손님은 없었다. 그간 손님들을 다른 호실로 안내한 까닭은 그 멍청이가 그리워서가 아니었다. 이토록 오래 원더랜드에 묵었던 손님은 박지우가 처음이었다. 시간을 둬야 한다고 생각했다. 누군가 정박했던 공간은 흔적이 남기 마련이니까. 생생한 지문이 마모되기를 기다렸던 것이다. 충분하지 않지만, 이제 객실 문을 열어야 했다. 내일이면 새로운 손님이 온다.

고복희는 팔을 걷어붙이고 101호실 재정비에 나섰다. 구석구석을 살피다가 침대 밑에서 뭔가를 발견했다. 우스꽝스러운 얼굴의 원숭이가 그려진 티셔츠였다. 고복희는 웃고 말았다.

"칠칠치 못합니다."

고복희는 린에게 티셔츠를 펼쳐 보이면서 말했다. 린도 웃었다. 그리고 그것을 프런트 옆에 있는 바나나 나무에 걸어놓았다. 원숭이 티셔츠와 바나나 나무는 처음부터 한 쌍이었던 것처럼 완벽하게 어우러졌다.

9

이 나라는 사시사철 뜨겁기 때문에 지구가 멈춰버린 건 아닐까 하는 착각에 빠질 때가 있다. 그렇기에 시간을 세는 본인만의 방식이 필요하다. 보통 사람이라면 달력을 사용하겠지만 고복희는 아침에 눈을 뜨는 순간 그날의 날짜를 셌다. 덕분에 얼마의 시간이 흘렀는지 누구보다 정확하게 알고 있었다.

그날은 고복희가 한국을 떠난 지 삼 년하고도 두 달 그리고 열흘이 되는 날이었다.

뜨겁고 습한 바람이 불었다. 김이 폴폴 나는 찜통 속 만두가 된 것 같은 기분이었다. 프런트 데스크를 정리하던 고복희는 평소와 다른 점을 찾아냈다. 바나나 나무에 걸려 있던 원숭이 티셔츠가 온데간데없었다. 나무에 걸린 티셔츠는 사람들에게 소소한 관심을 끌었다. 프린트된 원숭이 표정을 흉내 내며 사진을 찍는 투숙객도 있었다. 호텔 측에서 심혈을 들여 설치한 가벼운 장난, 열대에 관한 현대적 표현으로 생각하는 것 같았다. 모험심을 주체하지 못한 누군가가 가져갔나 보다, 그렇게 여겼다.

얼마 지나지 않아 진실은 밝혀졌다. 뜻밖의 인물의 소행이었다. 오토바이의 거친 브레이크 소리와 함께 린이 출근했을 때 그녀의 손에는 깨끗하게 다림질된 티셔츠가 들려 있었다.

"주인에게 돌려주려고요."

린이 말했다. 고복희는 그녀의 투명한 눈동자를 마주했다. 그 안에 들어 있는 깊고 신비로운 우주를.

린은 산뜻한 방식으로 이별을 고하고 싶었다.

아무렇지도 않은 표정을 지어 보였지만 오랜 시간을 고민했다. 원더랜드의 생활은 평화롭다. 호흡을 길게 맞춰온 터라 업무를 수월하게 처리할 수 있다. 푸르게 우거진 열대수 아래서 부드러운 바람을 맞으면 잠시나마 가졌던 악의도 공중으로 흩어졌다.

원더랜드는 낙원이 아니다. 예상치 못한 순간 틈입해 평화를 뒤흔들어놓고 떠나는 사건들이 넘쳐났다. 무엇보다 힘든 건 그로 인해 자신감을 잃어가고 있다고 느껴질 때였다. 너는 별로인 사람이야. 세상이 그렇게 말하고 있는 것만 같았다. 하지만 알고 있다. 스스로에 대한 믿음을 놓치는 순간 삶은 전혀 다른 방향으로 흘러가게 된다는 걸.

얼마 전 국제단체에서 후원 제의를 받았다. 포기하지 않고 꾸준히 지원한 결과였다. 적어도 린은 그렇게 알고 있었다. 익명의 후원자가 있었다는 사실이 밝혀지는 건 조금 나중의 일.

린은 두려웠다. 이제 정말 떠나야 했다. 미래는 중요한 시험에 아무런 힌트도 주지 않는 불친절한 선생님 같았다. 타국에서 공부한다는 건 늘 원해왔지만 멀고 희미한 개념이었다. 실패할지도 몰랐다. 어떤 결과도 내지 못하고 상처투성이로 돌아올지도 몰랐다.

그러나 린은 면접을 보기 위해 원더랜드에 발을 디뎠던 날 고복희가 했던 말을 기억하고 있다.

"결석과 지각을 하지 않을 수 있습니까?"

린은 긴장한 얼굴로 고개를 끄덕이고 다음 질문을
기다렸다. 고복희는 만족한 얼굴이었다. 내일부터 출근
하세요. 그게 끝이었다. 정말? 당황한 린은 한동안 부
동자세로 앉아 있었다. 매니저를 구하는 것 아니었나.
그러니까, 조금 더 대단한 걸 할 수 있냐고 물어봐야
하는 것 아닌가. 예상 질문과 답을 백 개 넘게 만들어
놓았던 린이었다. 전날 밤 호텔 실무와 관련된 책을 읽
으며 달달 외웠던 자신이 바보처럼 느껴졌다. 그거면
되냐고 묻자 오히려 고복희가 의아한 표정을 지었다.

"그럼 뭐가 더 필요합니까?"

그 말을 들은 린은 어렴풋하게 예상할 수 있었다. 나
는 눈앞에 있는 이 여자를 존경하게 될지도 모른다고.

"그동안 감사했습니다."

린은 가지런히 합장한 뒤에 깊숙이 고개를 숙였다.

고복희는 무슨 말을 해야 하는지 알고 있으면서 어
떤 말도 하지 못했다. 항상 그랬다. 누군가에게 조언해
줄 수 있는 사람이 못 된다는 생각이었다. 다만 최선을
다해 자신이 지을 수 있는 가장 부드러운 모양의 미소

를 지어 보일 뿐이었다.

　　모두가 떠난 원더랜드에 고복희는 홀로 남겨졌다.

101호실 정리를 끝마쳤다. 객실을 쓰게 될 손님은 독일 청년이다. 고복희는 프런트 데스크에 앉아 간단한 인사말을 준비했다.

원더랜드는 여전하다. 열대수 사이로 뜨거운 바람이 오간다. 테라스에 널어둔 형형색색의 비치타월이 파도처럼 일렁인다. 얼마 전에는 오렌지 나무를 심었다. 달고 맛있는 주스를 만들 생각이다. 원한다면 직접 따서 먹을 수도 있다. 열대의 비와 빛이 열매 맺기를 도와줄 것이다.

린이 떠나고 직원 채용을 위해 공고를 냈다. 지원한 사람은 단 한 명, 안대용뿐이었다. 그런고로 안대용은 원더랜드의 하나뿐인 직원이 됐다. 고복희는 지겹다는 얼굴이다. 항상 이런 식이다. 도무지 이해할 수 없는 일만 벌어진다. 불행인지 다행인지 아직 지각이나 결근은 없다. 그거 하나만은 자신 있다는 듯 열심히 출근 도장을 찍는 중이다.

요즘엔 한국인 여행객이 늘었다. 조식 메뉴로 나온 오믈렛을 보며 계란이다, 하고 폼 웃음을 터트리기도 한다. 백이면 백 박지우의 블로그를 보고 찾아온 손님들이다. 굳이 여기까지 찾아와 팔팔이와 기념사진을 찍고 간다. 팔팔이는 성가시다는 얼굴로 카메라를 요리조리 피해 다닌다. 그런 시니컬한 태도에 꺅, 탄성을 터뜨린다. 고작 이런 걸 하러 오는 건가. 대한민국의 미래가 심히 걱정되는 고복희였다.

놀라지 마세요. 티셔츠 주인은 너구리가 됐어요.

린이 보낸 메시지에는 너구리 탈을 쓴 사람의 뒷모습이 클로즈업된 사진이 첨부되어 있었다. 명랑한 놀이 공원이 배경인 사진이었다. 한참을 들여다보던 고복희가 고개를 끄덕였다. 저 안에 사람이 들어 있단 말이지.

이번엔 제대로 앙코르와트에 가려고 돈 모으는 중이래요.

왜 자꾸 앙코르와트에 집착하는지 모르겠다만 어쨌든 삶에 목표가 생긴 것은 좋은 일이다. 고복희는 돋보기를 치켜올린 뒤, 검지로 스마트폰의 스크롤을 내렸다. 또 다른 사진에는 린과 박지우가 손가락으로 브이를 그리고 있었다. 보기 좋게 볼살이 붙은 린과 머리를 노랗게 염색한 박지우는 닮은 얼굴로 환하게 웃고 있었다.

후원 감사합니다. 열심히 공부할게요.

마지막 메시지에는 어떤 답장도 하지 않았다. 유난 떠는 건 고복희가 싫어하는 일 중 하나니까.

하루하루 여전하지만, 움직이고 있다. 미세하게.

빈틈없이 짜인 고복희의 일상에 바뀐 점이 있다. 잠자리에 들기 전 턴테이블 앞에 앉아 음악을 듣는다. 먼지만 켜켜이 쌓여가던 LP는 이제 천천히 원을 그리며 돌아가는 중이다. 여전히 고복희는 뻣뻣하다. 흥겨운 비트가 흘러나와도 발가락 하나 까딱하지 않는다. 그저 공중을 떠다니는 자유로운 음표를 바라볼 뿐이다.

그리고 생각한다.

장영수를 만나게 되는 날, 이 세상의 모든 거짓말을 끌어모아 전해주고 싶다고. 역시 그렇죠? 나는 좋은 세상이 올 줄 알고 있었어요. 의기양양하게 미소 짓는 그의 얼굴을 보고 싶다고. 정말 얄미운 인간. 하늘을 향해 치켜들던 길고 곧은 손가락을, 어깨부터 발끝까지 흐르는 유연한 웨이브를, 현란한 자이브 스텝을, 바보처럼 휘어지던 눈꼬리를 그리워했다고. 인정할 수밖에 없다. 그녀는 그 모든 순간을 사랑했다.

다 함께 모여 춤추는 밤은 어디에나 존재한다. 동그란 지구를 자세히 살펴보면 그들이 찍어놓은 발자국으로 빼곡할 것이다. 저마다의 흔적을 남겨놓고 떠난 이들은 분명 즐거웠을 것이다.

아침이 밝아온다. 고복희가 원더랜드 대문을 연다. 이 단순한 행위는 반복될 것이다. 누군가에겐 그저 남쪽의 어느 나라라고 기억될 이곳에서.

너는 새끼 고양이야.

과연 제가 잘해낼 수 있을까요? 바보 같은 질문에 모교 교수님이 주신 답이다. 너는 이제 막 세상에 던져진 경이로운 생명. 그러니 그저 쿨쿨 자다가 폴폴 돌아다니면 된다고. 사람들은 그 깜찍함에 감동한다고. 힘에 부친다고 느낄 때마다 솜방망이를 휘두르며 외쳤다. 나는 고양이. 호랑이가 되겠다는 포부를 품은 고양이. 그렇게 맘껏 귀여운 척하며 완성시킨 첫 장편소설이다.

프놈펜에서 팔 개월 동안 머물면서 글을 썼다. 공항을 빠져나와 첫발을 디뎠을 때의 긴장을 유지하고 싶었지만 나는 너무 빠르게 낯선 나라에 적응했고 순식간에 프놈펜은 별 감흥 없는 도시가 되었다. 신선하다고 여겼던 것이 평범한 일상이 되는 순간, 그때부터 본격적인 소설 쓰기가 시작되었다.

나는 내가 세상에 대해 잘 모른다는 사실을 들키고 싶지 않았다. 하지만 고복희는 자신의 삶을 정면으로 마주하는 인간이었고 나 역시 그녀의 방식으로 소설을 쓰려고 노력했다. 생각을 교묘하게 흐리거나 장황한 문장에 숨는 일을 경계했다. 두꺼운 화장을 벗어던진 나를 마주하는 시간이었다. 거울에 비친 얼굴은 썩 마음에 든다.

캄보디아 현지분들 그리고 교민들께 누가 되지 않을까 걱정되는 마음이다. 내가 그곳에서 만난 이들은 모두 다정했고 삶에 대한 자부심으로 가득 차 있었다. 신인 작가에게 기회를 주고 이끌어주신 다산북스에 감사하다. 한 권의 책이 나오기까지 얼마나 많은 이들의 노력이 필요한지 이제야 알게 되었다. 첫 번째 독자이자 든든한 지원군인 가족에게도 사랑과 감사를 전한다. 내가 가는 길을 믿고 지지해주는 가족 덕분에 글을 마무리할 수 있었다. 무엇보다 부족한 소설을 끝까지 읽어주신 당신에게 진심을 다해 감사드린다. 마지막 장을 덮으며 음, 꽤 재밌었어, 생각하신다면 더할 나위 없이 기쁠 것 같다.

건강한 뚱냥이가 되는 게 다음 목표다. 성묘가 되기 위해선 충분한 영양 공급이 필요하다. 고마운 이들의 손길을 양분 삼아 내 몸은 무럭무럭 자라고 있다. 먹고 자고 눈을 뜨면 다시 소설을 쓰고 있겠지. 어제보다 두툼해진 다리로 오래오래 나아가겠다. 서두르지 않고 천천히.

2019년 가을
문은강

춤추는 고복희와
원더랜드

초판 1쇄 발행 2019년 10월 25일
초판 2쇄 발행 2019년 11월 14일

지은이 문은강
펴낸이 김선식

경영총괄 김은영
책임편집 최지인 크로스교 조세현 **디자인** 박수연 **책임마케터** 기명리
콘텐츠개발6팀 임경섭, 박수연
마케팅본부 이주화, 정명찬, 최혜령, 이고은, 권장규, 허지호, 김은지, 박태준, 배시영, 기명리, 박지수
저작권팀 한승빈, 이시은
경영관리본부 허대우, 하미선, 박상민, 윤이경, 권송이, 김재경, 최완규, 이우철
외부스태프 일러스트 김수원

펴낸곳 다산북스 출판등록 2005년 12월 23일 제313-2005-00277호
주소 경기도 파주시 회동길 357 3층

전화 02-702-1724
팩스 02-703-2219 **이메일** dasanbooks@dasanbooks.com
홈페이지 www.dasanbooks.com
블로그 blog.naver.com/dasan_books